Hanni und Nanni ist die beliebteste und erfolgreichste Mädchenbuch-Serie der Welt. Allein in der Bundesrepublik wurden mehr als 5 Millionen Bücher dieser Serie von Enid Blyton mit großer Begeisterung gelesen.

Von **Hanni und Nanni** gibt es 15 Einzelbände, die auch in 5 Sammelbänden zu je 3 Erzählungen zu haben sind.

Paris

ENID BLYTON

Lustige Streiche mit Hanni und Nanni

Schneider-Buch

Inhalt

Wieder in Lindenhof

Hanni und Nanni Sullivan betraten ihr neues Klassenzimmer und schauten sich interessiert um.

„Jetzt sind wir schon in der fünften Klasse", sagte Hanni. „Da sind wir tüchtig vorangekommen. Findest du nicht auch, Nanni?"

„Ja, alt sind wir geworden!" meinte die Schwester lachend. „Weißt du noch, als wir vor drei Jahren nach Lindenhof kamen? Damals waren wir reichlich dumm. Und albern! Sie haben uns die hochnäsigen Zwillinge genannt. Niemand konnte uns leiden. Wir haben uns damals auch wirklich unmöglich benommen – nur weil wir alles scheußlich finden wollten!"

„Und jetzt gefällt es uns so gut, daß wir gar nicht mehr fortwollen", lachte Hanni. „Hoffentlich können wir bis zum Abitur in Lindenhof bleiben – und hoffentlich bleiben auch unsere Freundinnen!"

„Das sagst du so! Einige sind ja schon weg", meinte Nanni. „Vielleicht sind unter den Neuen ein paar nette Mädchen."

„Sicher", sagte Hanni und trat ans Fenster. „Da kommen Bobby und Jenni", rief sie. „Hallo, wieder im Lande?"

Die beiden Mädchen winkten und kamen schnell zu den Schwestern hinein. Bobby hatte das Gesicht voll Sommersprossen und sah frech und jungenhaft aus wie immer.

„Wie geht es euch?" fragte sie. „Ihr sucht euch wohl schon die besten Plätze aus? Ein nettes Klassenzimmer haben wir diesmal!"

„Wie ist eigentlich unsere neue Klassenlehrerin?" fragte Hanni.

„Fräulein Ellis – ach – die soll ganz nett sein."

„Sie ist sehr ruhig und gesetzt", sagte Bobby. „Aber ich glaube, sie ist in Ordnung!"

„Jenni, hast du wieder ein paar nette Scherzartikel mitgebracht?" erkundigte sich Nanni. „Dein Bruder hat dich wahrscheinlich gut versorgt!"

Jenni grinste. Sie hatte einen älteren Bruder, der vor Einfällen beinahe platzte, wenn es galt, jemanden hereinzulegen.

„Abwarten!" sagte Jenni. „Eigentlich muß ich mich in Zukunft ein wenig vorsehen. In der fünften Klasse kann man sich nicht mehr den gleichen Unsinn leisten wie früher. Ich habe mir sogar vorgenommen, fleißig zu sein. Wie findet ihr das?"

„Uns ist es lieber, du bringst uns zum Lachen", sagte Hanni. „Kommen eigentlich diesmal wieder ein paar Neue nach Lindenhof?"

„Zwei oder drei", antwortete Bobby und wendete sich zu Hilda Wentworth, die gerade den Raum betrat: „Hallo, Hilda! Hattest du nette Ferien?"

Hilda nickte und lächelte. „Sie waren einfach herrlich!" rief sie. „Aber erklärt mir bloß, was das für ein Engel ist, der draußen sitzt?"

„Ein Engel?" fragten die Zwillinge und Bobby erstaunt.

„Habt ihr sie nicht gesehen? Sie muß gerade angekommen sein, hat einen funkelnagelneuen Koffer, drei Tennisschläger unter dem Arm und eine riesige Handtasche mit Goldbuchstaben. Wetten, daß unsere Elli sie für eines der sieben Weltwunder halten wird? Hellblonde Locken, ein zuckersüßes Gesicht und eine glockenhelle Stimme."

„Die müssen wir uns ansehen!" riefen die anderen sofort.

„Sie sitzt unten in der Vorhalle", sagte Hilda. „Sie ist im größten Auto angekommen, das ich je gesehen habe."

„Du willst uns wohl auf den Arm nehmen?" fragte Hanni lachend. Sie rannten hinaus und beugten sich über das Treppengeländer.

Das neue Mädchen sah wirklich so aus, wie Hilda es beschrieben hatte: wie ein zarter, blondlockiger Engel aus einem Geschichtenbuch, obwohl sie einen modischen Mantel und drei Tennisschläger unter dem Arm trug!

„Sehr hübsch!" sagte Bobby. „Ich glaube auch, daß Elli ihr wie ein Hündchen nachlaufen wird. Sie ist ja nur glücklich, wenn sie jemanden anbeten kann!"

In diesem Augenblick kam Elli hinzu. Sie war eine Kusine der Zwillinge und ein liebes, aber nicht übermäßig kluges Mädchen. „Guten Tag, alle miteinander!" rief sie. „Habe ich wirklich eben meinen Namen gehört?"

„Ja", erwiderte Hilda. „Wir haben gerade gesagt, daß dies Engelsgesicht draußen genau dein Fall ist!

Elli beugte sich mit den anderen über das Treppengeländer, und wahrhaftig: Sie verlor augenblicklich ihr Herz an das neue Mädchen.

„Wie eine Märchenprinzessin sieht sie aus", schwärmte Elli begeistert. „Ich will gleich hinuntergehen. Vielleicht kann ich ihr irgendwie behilflich sein!"

Eilig rannte sie die Treppe hinunter. Die anderen grinsten sich an. „Elli hat schon wieder ihr Herz verschenkt“, sagte Hanni.

„Arme Elli! Wie schnell gewinnt sie Freundinnen – und verliert sie genauso schnell! Bis jetzt ist sie immer hereingefallen. Keine einzige dieser sogenannten Freundinnen hat ihr auch nur eine Zeile geschrieben, sobald sie von Lindenhof fort waren.“

„Und diesmal wird es dieser Engel sein“, meinte Nanni. „Seht euch das bloß an! Jetzt gehen sie schon eingehängt, und Elli redet und redet!“

„Dort sitzt übrigens noch ein anderes Mädchen“, sagte Bobby plötzlich. „Die sieht so hilflos aus. Eigentlich könnte Elli sie gleich mitnehmen, wenn sie dem Engel die Schule zeigt. Hallo, Elli!“

Aber Elli war mit ihrer goldenhaarigen Märchenprinzessin verschwunden. Die Zwillinge stiegen die Treppe hinunter und sprachen das neue Mädchen an.

„Hallo! Du bist neu hier, nicht wahr? Du mußt dich zuerst bei der Hausmutter melden. Komm, wir bringen dich hin!“

„Wie heißt du eigentlich?“ fragte Hanni unterwegs.

„Bettina Müller-Stobe“, erwiderte die Neue. „Ich wäre froh, wenn ihr mir sagen könntet, was ich alles tun muß.“ Das klang ein bißchen geschraubt.

„Meist ist die Hausmutter hier, um die Neuen zu begrüßen und einzuweisen“, sagte Hilda ein wenig verwirrt. „Ich frage mich, wo sie heute steckt?“

„Ich habe sie überhaupt noch nicht gesehen“, sagte Hanni. „Als wir ankamen, war sie nicht da.“

„Das ist seltsam“, meinte Nanni. „Vielleicht sehen wir am besten in ihrem Zimmer nach. Wir müssen uns ja doch bei ihr melden.“

Zusammen mit Bettina gingen die Zwillinge ins Haus. Sie klopften am Zimmer der Hausmutter und warteten mit leisem Herzklopfen. Zwar konnten sie sie sehr gut leiden, aber sie hatten auch großen Respekt vor ihr. Die Hausmutter war seit vielen Jahren in Lindenhof; ihren durchdringenden Blick hatten schon viele Schülerinnen zu spüren bekommen.

Eine Stimme rief: „Herein."

„Das klingt nicht wie die Hausmutter", flüsterte Hanni erstaunt. Sie öffnete die Tür. Eine fremde Frau saß am Tisch und nähte.

„Entschuldigen Sie", sagte Hanni. „Wir suchen die Hausmutter."

„Das bin vorläufig ich", sagte die Fremde. „Eure Hausmutter ist während der Ferien krank geworden. In der nächsten Zeit soll ich sie vertreten. Ich hoffe, daß wir gut miteinander auskommen werden."

Die Mädchen schwiegen. Die alte Hausmutter war rund und fröhlich gewesen. Sie hatte Vertrauen erweckt. Diese Hausmutter jedoch wirkte dürr und säuerlich. Ihre dünnen Lippen waren zu einem Strich zusammengezogen, und ihre Augen schauten kühl zu den Mädchen hin.

„Wir haben unsere Hausmutter schon vermißt", sagte Bobby. „Im allgemeinen begrüßt sie nämlich die Neuen im Hof. Dies Mädchen gehört dazu. Sie muß Ihnen eine Liste von allen Sachen geben, die sie mitgebracht hat."

„Das weiß ich, danke", sagte die Hausmutter und legte ihre Näharbeit beiseite. „Schickt bitte alle neuen Mädchen zu mir! Wie viele sind denn schon da?"

Die Mädchen wußten es nicht. Das soll sie doch selbst herausfinden! dachten sie bei sich. Bei ihrer alten Hausmutter wäre das anders gewesen. Sie hätte die neuen Mädchen herzlich und freundlich begrüßt und sich um sie gekümmert.

„Dies ist Bettina Müller-Stobe", sagte Hanni schließlich. „Und dann haben wir noch eine Neue gesehen. Unsere Kusine Elli ist mit ihr unterwegs."

Die Mädchen verabschiedeten sich und ließen Bettina bei der neuen Hausmutter. Als sie die Tür hinter sich geschlossen hatten, sahen sie einander an. „Die erinnert mich an eine Flasche Essig!“ sagte Hanni.

Die anderen lachten. „Hoffentlich ist unsere alte Hausmutter bald wieder da“, sagte Bobby. „Lindenhof kommt einem ganz komisch vor, wenn sie nicht da ist.“

Elli erschien in diesem Augenblick, ganz aufgeregt und strahlend. Der „Engel“ war bei ihr.

„Oh“, sagte Elli. „Hanni, Nanni, Bobby, Hilda – das ist die Baronesse Angela von Faber.“

Bobby grinste.

„Ich habe einmal eine Puppe gehabt, die Angela hieß“, sagte sie. „Die sah dir eigentlich recht ähnlich!“

„Wo ist die Hausmutter denn nur?“ fragte Elli. „Ich habe mich schon die ganze Zeit nach ihr umgeschaut.“

„Wir haben eine neue Hausmutter“, erklärte ihr Bobby. „Sicher magst du sie genauso wenig wie wir!“

Bobbys gerade Art und ihre laute Stimme gefielen der Baronesse anscheinend gar nicht. Mit ihrer hohen Stimme sagte sie: „Wir sollten jetzt zur Hausmutter gehen. Ich möchte endlich meine Sachen auspacken.“

Zusammen mit Elli verließ sie die Gruppe. Hilda lachte. „Ich weiß, wo Elli in den nächsten Monaten zu finden ist – zu Füßen der Baronesse!“

In der neuen Klasse

„Schaut“, sagte Bobby, „da ist noch eine Neue. Sie hat anscheinend schon ihre Sachen ausgepackt. Sie sieht aus, als ob sie auch in unsere Klasse gehörte.“

Das Mädchen kam näher und blieb stehen, als Bobby sie

ansprach. „Hallo, du bist neu, nicht wahr? In welche Klasse kommst du?"

„In die fünfte", erwiderte das Mädchen. „Ich heiße Irene Petersen."

„Wir sind auch in der fünften", sagte Hanni und stellte sich und die anderen vor. „Sollen wir dich ein wenig herumführen und dir alles zeigen? Im allgemeinen macht das ja die Hausmutter, aber diesmal haben wir eine neue, die sich noch nicht gut auskennt oder sich vielleicht keine große Mühe machen will!"

Das Mädchen sah plötzlich verärgert aus. „Ich weiß schon Bescheid, danke", sagte sie steif. „Ich bin bereits eine Woche hier."

Ohne ein weiteres Wort lief sie weg. Die anderen starrten ihr verwundert nach.

„Was hat die nur gebissen?" fragte Bobby. „So unfreundlich braucht man wirklich nicht zu sein. Und was soll das heißen: Sie ist schon eine Woche hier? Kein vernünftiger Mensch kommt mitten in den Ferien!"

In dem Augenblick erschien Marianne mit Carla. „Hallo, wie geht's?" begrüßten die Klassenkameradinnen die beiden Freundinnen. „Nett, euch wieder zu sehen. Habt ihr das Mädchen gesehen, das gerade gegangen ist? Sie heißt Irene Petersen und tut, als gehöre die ganze Schule ihr!"

„Nein, gesprochen habe ich noch nicht mit ihr", erwiderte Marianne. „Aber ich weiß, daß ihre Mutter die neue Hausmutter hier ist. Unsere alte ist ja krank geworden. Irene ist seit einer Woche mit ihrer Mutter in Lindenhof."

Bobby pfiff durch die Zähne. „Kein Wunder, daß sie sich geärgert hat, als ich ein paar unfreundliche Bemerkungen über unsere neue Hausmutter machte. Übrigens gefällt mir diese Irene nicht sonderlich."

„Wir müssen sie erst mal näher kennenlernen", meinte Hilda vernünftig. „Auf den ersten Blick kann man sich nicht immer verlassen."

Unter ihrer Klassenlehrerin, Fräulein Ellis, gewöhnten sich die Mädchen rasch an den Schulalltag. Die Baronesse Angela von Faber wurde äußerlich immer mehr einem Engel ähnlich, und sie strich sich während des Unterrichts ständig über ihr langes, goldlockiges Haar.

„Wißt ihr, daß sie nur handgearbeitete Schuhe trägt?“ berichtete Elli den Zwillingen. „Und zu jedem Kleid hat sie eine passende Handtasche, mit Goldbuchstaben darauf!“

„Sei still“, sagte Hanni. „Wen interessiert das schon? Deine liebe Angela ist schrecklich eingebildet.“

„Warum auch nicht?“ erwiderte Elli, die ihre neue Freundin sofort in Schutz nahm. „Ich wäre auch stolz, wenn ich aus einer so alten Familie käme und so reich wäre und so wunderschöne Sachen hätte.“

„Du bist schon angesteckt“, meinte Nanni ärgerlich, „Warum mußt du dich dauernd an solche oberflächlichen Menschen hängen? Wichtig ist, was du bist, nicht, was du besitzt!“

„Ich bin froh, daß Angela meine Freundin ist“, sagte Elli gereizt. „Ich finde sie wundervoll.“

„Schade nur, daß sie so wenig Verstand hat“, spottete Bobby. „Ich glaube, sie kann noch nicht einmal das kleine Einmaleins.“

Angela war wirklich sehr eingebildet – auf ihre vornehme Herkunft, auf ihren Reichtum, auf ihre vielen Autos und ganz bessonders auf ihr gutes Aussehen. Nur wenige Mädchen fanden Gnade vor ihren Augen. Elli war die einzige der Klasse, die sie zur Freundin erwählte, denn Elli war hübsch, hatte gute Manieren und bewunderte die schöne Angela aus tiefstem Herzen.

Auf die meisten anderen Schülerinnen sah Angela hochmütig herab. Bobby konnte sie nicht ausstehen. Carlotta? Ein ehemaliges Zirkusmädchen?

Carlotta ärgerte sich nicht über Angelas Abneigung. Sie schämte sich ihrer Vergangenheit keineswegs. Carlottas verstorbene Mutter war Zirkusreiterin gewesen. Seit ein paar Jahren lebte Carlotta in den Ferien im Haus ihres wohlhabenden Vaters und unter den strengen Augen ihrer Großmutter. Sie hatte sich an ein bürgerliches Leben, an geregelte Schulstunden und genaue Internatsvorschriften gewöhnt – doch nie vergaß sie ihre aufregende Zeit von damals. Oft brachte sie ihre Klasse zum Lachen, wenn sie ganz plötzlich auf den Händen herumspazierte oder einen Schwall spanischer Schimpfworte ausstieß.

Elli hatte Angela die Lebensgeschichte aller Mädchen erzählt, und Angela hatte ihre feine, kleine Nase gerümpft, als sie erfuhr, daß Carlotta tatsächlich als Zirkusreiterin aufgetreten war.

„Wie kann man nur solche Leute in einer guten Schule haben", sagte sie entrüstet. „Wenn meine Mutter das wüßte!"

„Warum bist du eigentlich gerade nach Lindenhof gekommen?" erkundigte sich Elli neugierig. „Es gibt doch viel vornehmere Internate – ich meine Schulen, in denen man gar nicht so viel lernen muß, in denen man ein angenehmes, unterhaltsames Leben führen kann."

„Ich habe ja nicht herkommen wollen", sagte Angela. „Meine Mutter hatte eine viel nettere Schule für mich ausgewählt, aber mein Vater hat seltsame Ansichten. Er meinte, meine Ecken müßten abgeschliffen werden."

„Aber Angela, du hast sicherlich gar keine Ecken", sagte Elli. „Wirklich, ich kann nicht einen einzigen Fehler an dir entdecken!"

Solche schmeichelnden Worte hörte Angela gern. Sie schaute ihre Freundin mit unschuldigen blauen Augen an und lächelte lieblich.

„Du sagst immer so reizende Dinge, Elli", rief sie. „Du bist bei weitem das netteste Mädchen der Klasse. Ganz anders als Irene und diese schreckliche Carlotta oder diese eingebildete Bettina Müller-Stobe!"

Bettina war auch bei den anderen wenig beliebt. Auf ihre Art genauso hochnäsig wie Angela – nur paßte diese Eigenschaft überhaupt nicht zu ihrem Aussehen. Sie trug keine eleganten Kleider und besaß keine kostbaren Sachen. Außerdem war sie kein bißchen hübsch.

Bettina und Angela versuchten, sich immer gegenseitig zu übertreffen. Beide wollten die reichsten und vornehmsten sein. Die anderen kicherten, wenn sie die zwei protzen hörten.

„Mein Vetter hat ein eigenes Sportflugzeug", erzählte Angela einmal. „In den Ferien darf ich mit ihm fliegen."

„Bist du denn noch nicht geflogen?" verwunderte sich Bettina. „Meine Güte, das habe ich längst hinter mir. Zum ersten Mal saß ich in einem Flugzeug, als ich bei den reichen Brockmanns zu Gast war. Stell dir nur vor, die haben zwölf Badezimmer in ihrem Haus. Aber es ist ja auch ein richtiges Schloß! Und dort habe ich . . ."

„Ich wette, daß ihr nicht ein einziges Badezimmer daheim habt", sagte Angela gehässig. „Wir haben aber fünf!"

„Und wir haben sieben, wenn man die zwei des Personals dazurechnet", sagte Bettina sofort. Die anderen Mädchen starrten sie überrascht an. Von Angela konnten sie sich vorstellen, daß sie zu Hause über eine Flucht von Badezimmern verfügte, aber Bettina sah nicht nach Reichtum aus. Sie wirkte eher ärmlich als wohlhabend.

„Jetzt muß ich einmal unsere Badezimmer zählen", spottete Bobby. „Drei für mich – vier für Mutter – fünf für Papa – zwei für Gäste – wieviel sind denn das gleich?"

„Dummkopf!" Hanni kicherte. Angela und Bettina runzelten ärgerlich die Stirn.

„Ich kann mich gar nicht erinnern, ob wir zu Hause überhaupt ein Badezimmer haben oder nicht", sagte Hilda grinsend. „Da muß ich wirklich scharf nachdenken!"

Aber alle Neckereien halfen nichts. Angela und Bettina protzten, und jede versuchte die andere auszustechen. Einmal ging es um die Badezimmer, dann um Autos. Und wußten sie sich mit Autos nicht mehr zu übertrumpfen, dann mußten die Mütter herhalten – kostbar gekleidete, wunderschöne Mütter. Die Klasse wurde es langsam leid, diese ewigen Prahlereien anzuhören. Nur Irene schien es nicht viel auszumachen, daß Angela und Bettina sie von oben herab behandelten. Für sie gab es nur einen Gesprächsstoff – und das war ihr älterer Bruder. Er arbeitete in der nächstgrößeren Stadt, und Irene schwärmte ihn an.

„Er heißt Edgar", sagte sie. „Aber alle nennen ihn Eddy."

„Das kann ich mir vorstellen", sagte Angela gehässig. „Und wenn er Alfred hieße, würdet ihr ihn Freddy nennen, und wenn er Herbert hieße, dann wohl Berty, und wenn er . . ."

Irene errötete. „Du bist sehr gemein, Angela", sagte sie. „Warte nur mal, bis du Eddy kennenlernst. Dann wirst du anders über ihn reden. Er sieht phantastisch aus, und wenn er lächelt, muß man ihn einfach gern haben. Er ist der beste Bruder der Welt. Wir haben unseren Vater sehr früh verloren, und deshalb muß Mutter arbeiten, und Eddy konnte nicht studieren."

„Deine Familienangelegenheiten interessieren mich nicht!" sagte Angela kühl und schritt mit Elli davon.

Claudines Ankunft

Noch keine Woche war im neuen Schuljahr vergangen, da kam ein weiteres neues Mädchen in Lindenhof an. Mamsell gab es bekannt.

„Ich habe eine Überraschung für euch", sagte sie strahlend, als sie in die Klasse kam. „Ihr bekommt eine neue Kameradin. Sie wird noch heute eintreffen."

„Meine Nichte kommt in eure Klasse", erzählte Mamsell

„Warum kommt sie denn so spät?" fragte Hanni überrascht.

„Sie hatte die Maser", sagte die Französischlehrerin, die von dieser Krankheit nur in der Einzahl sprach. Immer wieder vergaß sie, daß es eigentlich „die Masern" hieß. „Die Maser ist eine sehr langwierige Krankheit. Claudine hatte die Maser sehr arg, deshalb konnte sie nicht früher kommen."

„Claudine?" sagte Nanni vorlaut. „Das ist aber ein hübscher Name. Der gefällt mir!"

„Und die kleine Claudine wird dir auch gefallen", sagte Mamsell. „Sie ist Französin wie ich. Sie ist meine Nichte!"

Das war eine große Neuigkeit.

„Hoffentlich fühlt sie sich wohl bei uns", meinte Hilda.

„Oh, sie wird sich schon wohl fühlen", sagte Mamsell. „Die kleine Claudine fühlt sich überall wohl. Ich habe selten so ein glückliches Kind gesehen. Den ganzen Tag lacht sie, und sie hat nur Dummheiten und lustige Streiche im Sinn."

Das klang gut. Die Klasse hätte gern noch mehr über diese aufregende Nichte erfahren. Mamsells Gesicht wurde ernst, als sie weitersprach. Sie setzte ihre Brille fester auf die Nase und schaute die Mädchen aus großen, kurzsichtigen Augen an.

„Ich habe darum gebeten, daß man Claudine hierherschickt", sagte sie. „Vorher war sie in einer Klosterschule, aber dort war man zu streng mit ihr. Ständig hatten sie etwas an der kleinen Claudine auszusetzen. Die Lehrerinnen behaupteten, sie beachte die Vorschriften nicht und benähme sich unmöglich. Und da dachte ich bei mir: Die gute, fleißige Bobby hat sich früher genauso aufgeführt, und jetzt ist sie so brav wie ein Lamm. Was doch Lindenhof alles fertigbringt!"

Bobby schaute Mamsell unbehaglich an. „Braves Lamm" ließ sie sich nicht gern nennen – außerdem stimmte das gar nicht. Aber Mamsell sprach in solch feierlichem Ton, daß Bobby nicht zu protestieren wagte. Mit lauter Stimme redete Mamsell weiter:

„Die kleine Claudine kommt also heute. Sie hat sich gut erholt von der Maser, und ich hoffe, daß ihr sie sehr herzlich willkommen heißt. Das tut ihr doch eurer alten Mamsell zuliebe?"

„Natürlich heißen wir sie herzlich willkommen", sagte Ruth Hofer, die in diesem Jahr Klassensprecherin war, und die anderen nickten zustimmend. Nur Angela, Elli und Bettina taten, als hätten sie nichts gehört. Gelangweilt schauten sie zum Fenster hinaus. Weshalb sollten sie sich für Mamsells Nichte interessieren?

„Ihr seid sehr lieb", sagte Mamsell. „Sobald Claudine kommt, stelle ich sie euch vor. Sie wird begeistert von euch sein. Sie ist solch ein nettes Ding, auch wenn sie ein bißchen nachlässig und faul ist. Aber ihr helft mir doch, das zu ändern, n'est ce pas?"

Ein paar Minuten vor Ende der Stunde flog die Tür auf

und ein fremdes Mädchen erschien auf der Schwelle. Sie war klein, dunkelhaarig und recht hübsch. Ihre großen schwarzen Augen hatten einen spitzbübischen Ausdruck. Mit einem raschen Blick musterte sie die Klasse und ging auf Mamsell zu.

Mamsell stieß einen Schrei aus und schloß das Mädchen in die Arme. Sie küßte es mehrmals auf beide Wangen, streichelte über das dunkle Haar und überschüttete es mit einem Schwall französischer Worte, die niemand verstehen konnte.

Das Mädchen antwortete höflich in fließendem Französisch und küßte Mamsell auf beide Wangen. Sie schien an Mamsells Überschwenglichkeit gewöhnt zu sein, denn sie ließ alles über sich ergehen, ohne mit der Wimper zu zucken.

Mamsell packte das Mädchen und drehte es mit dem Gesicht zur Klasse. „Seht, das ist die kleine Claudine", sagte sie mit solchem Eifer, daß ihr die Brille von der Nase rutschte. „Claudine, begrüße deine neuen Freundinnen!"

„Hallo, ihr Puppen", sagte Claudine lässig. Die Mädchen starrten sie überrascht an und begannen zu kichern. Diese Anrede hatten sie ganz sicher nicht erwartet.

„Falsch, Claudine", sagte Mamsell, „das heißt nicht Puppen, das heißt Mädchen!"

Claudine zwinkerte der Klasse zu, und die Mädchen lachten vergnügt. Mamsell begriff nicht, warum. Trotzdem lachte sie mit. Sie freute sich, daß ihre Nichte so großen Anklang bei ihren neuen Kameradinnen fand.

Da läutete es, die Stunde war zu Ende. Mamsell rief Hilda zu sich ans Pult. „Hilda, könntest du dich ein bißchen um Claudine kümmern und ihr die Schule zeigen? Gewiß fühlt sie sich sehr fremd und unsicher, die arme Kleine."

Mamsell irrte sich. Claudine fühlte sich ganz und gar nicht unsicher; sie zeigte auch nicht die geringste Scheu vor ihren Kameradinnen. Sie behandelte sie, als ob sie schon seit

Jahren in der Schule wäre. Sofort begann sie ein Gespräch. Ihre Aussprache war recht gut, auch wenn sie manchmal seltsame Wendungen gebrauchte.

Claudine berichtete auch von der Klosterschule, jedoch etwas anders als Mamsell.

„Wißt ihr, es sind ein paar dumme Sachen passiert. Eines Tages zum Beispiel ist die Naturkundelehrerin auf einen Baum gestiegen, um ein paar seltene Schwämme herunterzuholen, die dort wuchsen", erklärte Claudine mit ihrem lustigen französischen Akzent. „Ich kam gerade vorbei und habe mir die Leiter ausgeliehen. An diesem Tag fiel dann der Naturkundeunterricht aus!"

„Meine Güte! Du willst doch damit nicht sagen, daß du einfach die Lehrerin auf dem Baum hast sitzen lassen?" fragte Bobby erstaunt. „Du hast wirklich Nerven. Kein Wunder, daß du zu uns kommen sollst. In Lindenhof darfst du dir solche Dinge nicht erlauben!"

„Nein?" fragte Claudine. „Das ist aber schade. Na, es wird trotzdem ganz gemütlich werden. Es tut mir leid, daß ich nicht rechtzeitig hier sein konnte, aber ich habe eine Maser gehabt." Eine Maser – so sagte sie, genau wie ihre Tante.

Die Mädchen kicherten. Alle mochten Claudine, mit Ausnahme von Angela. Selbst die sonst so eingebildete Bettina hörte eifrig zu, wenn die kleine Französin sprach. Elli war wie ihre Kameradinnen ganz begeistert von der Neuen.

„Ich weiß gar nicht, was dir an dieser Claudine so besonders gefällt!" sagte Angela zu Elli. „Wirklich, du überraschst mich."

„Nun, ich mag ihre Stimme und ihre lustige Art", sagte Elli. „Und ich muß immer lachen, wenn sie mit den Händen redet – genau wie Mamsell. Findest du nicht, Angela, daß sie recht unterhaltsam ist?"

Angela fand das ganz und gar nicht; außerdem ärgerte sie sich, daß Elli anderer Meinung war. Mit kühlen Augen betrachtete sie ihre Freundin und wandte sich beleidigt ab.

Elli versuchte, Angela zu versöhnen. Sie rannte ihr nach, nahm ihre Hand und schmeichelte ein bißchen. Schließlich bequemte sich Angela zu einem freundlichen Lächeln.

Nun war Elli wieder glücklich. „Glaub mir, um diese Claudine werde ich mich nicht weiter kümmern", versicherte sie. „Sie ist gewiß nur ein gewöhnliches kleines Ding."

„Nicht so gewöhnlich wie Carlotta", sagte Angela boshaft. Das gefiel Elli nun wieder gar nicht. Sie konnte Carlotta gut leiden, weil sie so aufrichtig, zuverlässig und freimütig war – und außerdem immer lustig. Sogar ihre aufbrausende Art gefiel Elli. Carlotta war für sie das natürlichste, ungezwungenste Mädchen der ganzen Klasse. Und so wie Elli dachten die meisten.

Claudine gewöhnte sich rasch in Lindenhof ein. Sie hatte sich einen Platz weit hinten im Klassenzimmer gesucht. Im Gemeinschaftsraum fand sie schnell ein großes Fach und ergriff Besitz davon. Darin verstaute sie ihre Bücher und Handarbeitssachen, vor allem aber auch einen riesigen Kuchen, den sie mitgebracht hatte. Den verteilte sie großzügig. Nur Angela weigerte sich, ein Stück zu nehmen. Da lehnte auch Elli ab, um Angela nicht wieder zu kränken.

Zuerst fanden die Mädchen Claudine sehr lustig, aber allmählich entdeckten sie ein paar merkwürdige Gewohnheiten bei ihr. Sie schrieb alle Aufgaben ab. Niemals löste sie ihre Hausaufgaben selbst. Es kümmerte sie auch gar nicht, daß sie oft Fehler abschrieb, so zum Beispiel aus Mariannes Heft.

„Und sie macht gar kein Geheimnis daraus, daß sie abschreibt", sagte Hanni erstaunt. „Als wäre es ganz selbstverständlich!"

„Wir müssen einmal mit ihr reden", meinte Nanni. „Es kann ja sein, daß sie sich nichts dabei denkt."

Claudine war überrascht, als Ruth Hofer, die Klassensprecherin, davon anfing.

„Du kannst doch nicht dauernd von uns abschreiben“, sagte Ruth. „Du mußt selber etwas tun. Schließlich ist es ungerecht, daß wir uns anstrengen und du dir auf unsere Kosten eine gute Zeit machst. Außerdem ist es dumm, gerade von Marianne abzuschreiben. Sie macht doch so viele Fehler. Fräulein Ellis wird es sicher bald merken – und dann kommst du in eine sehr unangenehme Lage.“

„Du meinst also, es sei besser, von Hilda abzuschreiben?“ fragte Claudine mit ernstem Gesicht. Ruth seufzte.

„Claudine, du sollst überhaupt nicht abschreiben! Von niemandem. Du sollst deine Hausaufgaben selber machen. Du mußt dich daran gewöhnen, zu arbeiten, wenn du dich hier wohl fühlen willst.“

„Aber ich fühle mich schon sehr wohl“, sagte Claudine sofort. „Na gut, Ruth, ich will versuchen, nicht mehr abzuschreiben – doch heute muß ich es noch mal tun. Ich habe nicht eine einzige Hausaufgabe gemacht!“

Noch eine zweite dumme Angewohnheit störte die Mädchen bei Claudine: Sie lieh sich immer Sachen aus und gab sie nie mehr zurück. „Ich vergesse es einfach“, erklärte sie. „Ich nehme mir einen Bleistift und benutze ihn – und dann denke ich nicht mehr daran, daß er jemand anderem gehört.“

„Du könntest ja mal versuchen, daran zu denken“, meinte Hilda. „Schließlich war es ein silberner Drehbleistift, den du mir weggenommen hast – einer, den ich sehr mag. Und du könntest zumindest um Erlaubnis fragen, ehe du dir etwas ausleihst.“

„Ach, seid ihr kleinlich!“ seufzte Claudine. „Na gut, in Zukunft werde ich ganz brav sein und immer sagen: ‚Liebe Hilda, bitte, bitte, leih mir doch deinen wunderschönen silbernen Drehbleistift, den du so magst!“

Hilda lachte. Man konnte Claudine nicht böse sein.

Vorsicht vor der Hausmutter!

Die ersten Wochen vergingen rasch. Im Sommer war es immer besonders schön in Lindenhof. Da wurde viel Sport getrieben, und die Mädchen verbrachten fast ihre ganze Freizeit an der frischen Luft. Es stellte sich heraus, daß Angela ausgezeichnet schwimmen konnte. Das hatte eigentlich niemand erwartet. Die wasserscheue Elli mußte sich mächtig anstrengen, um mit der bewunderten Freundin Angela mitzuhalten.

Claudine fand kaltes Wasser abscheulich. Sie weigerte sich einfach, ihre Kleider abzulegen und zu schwimmen. Zwingen konnte sie niemand. So blieb sie am Beckenrand stehen und betrachtete spöttisch die anderen, die im Wasser tobten und jauchzten.

„Wie kann man nur an so etwas Spaß haben!" rief sie. „In diesem kalten Wasser herumzuplanschen! Wenn es nach mir ginge, würde der ganze Sport abgeschafft."

Die Mädchen lachten und bespritzten sie mit Wasser, sooft sie in ihre Nähe kamen.

Beim Tennisspielen benahm sie sich nicht viel besser. „Ein alberner Sport", sagte sie, legte ihren Tennisschläger zur Seite und wollte verschwinden.

„Aber Claudine, du bist jetzt an der Reihe. Du mußt einfach spielen!" sagte Hilda.

„Ich muß gar nichts", erwiderte Claudine und blieb dabei.

Angela dagegen spielte auch sehr gut Tennis. Sie brachte immer gleich drei Schläger mit auf den Platz. Es kümmerte sie nicht, wenn die anderen darüber lachten. Bettina besaß nur einen Schläger und war eifersüchtig auf Angela. In ihrem Ärger machte sie gehässige Bemerkungen.

„Ich habe noch viel mehr Schläger zu Hause“, sagte sie laut. „Aber ich habe sie nicht mitgebracht. Ich will ja nicht protzen. Das tun nur ungebildete Leute.“

Nun konnte niemand Angelas Hochmut leiden, aber Bettinas boshaftes Gerede gefiel den Mädchen noch weniger. Angela war sehr hübsch und anmutig. Bettina dagegen war unscheinbar und hatte nichts Nettes an sich. Sie redete bloß dauernd von ihren steinreichen Eltern und sah gar nicht danach aus.

Irene, die Tochter der neuen Hausmutter, war keine sehr gute Schülerin und auch im Sport keine Größe. Sie hatte eine Vorliebe für Elli gefaßt und hätte sich gern mit ihr angefreundet. Aber Elli wollte nichts von ihr wissen.

„Wir können doch mal zusammen spazierengehen“, schlug Irene vor. „Du brauchst ja nicht immer um Angela herumzuschwänzeln!“

„Ich habe keine große Lust“, sagte Elli kühl.

„Wahrscheinlich hat es dir Angela verboten“, sagte Irene ärgerlich. „Du hast gar keine eigene Meinung mehr, oder? Was Angela für richtig hält, findest du auch in Ordnung! Was Angela tut, tust du auch! Du trägst sogar schon das Haar so wie sie. Aber dir steht diese Frisur überhaupt nicht!“

Elli war gekränkt und sah Irene böse an. „Wenn du es genau wissen willst: Angela mag dich nicht, und da sie meine Freundin ist, mag ich dich auch nicht. Aber ich kann dich auch sonst nicht leiden. Du bist nämlich eine Petze!“

Mit zornrotem Gesicht ging Irene davon. Ellis letzte Worte hatten sie getroffen. Es stimmte: Irene rannte immer zu ihrer Mutter, wenn ihr irgend etwas nicht paßte – und die zahlte dann den Mädchen jede Unfreundlichkeit heim. Sie gab ihnen Knöpfe zum Annähen, Risse zum Stopfen oder andere verhaßte Näharbeiten.

„Ich glaube, sie macht diese Löcher absichtlich in meine Söckchen“, erboste sich Angela, die drei Paar Wollsöckchen

Immer wieder bekamen die Mädchen Näharbeiten aufgebrummt

zu stopfen hatte. „Noch nie in meinem Leben habe ich solch schreckliche Arbeit tun müssen. Für was haben wir eine Hausmutter, wenn sie noch nicht mal unsere Sachen in Ordnung hält?“

„Du weißt doch, daß wir in Lindenhof zur Selbständigkeit erzogen werden“, sagte Hanni. „Aber ich muß dir recht geben, Angela, ich kann mir wirklich nicht vorstellen, wie du diese riesigen Löcher in deine Söckchen gebracht hast. Du zerreißt doch ganz selten etwas, nicht wahr?“

„Ich habe sie überhaupt nicht zerrissen“, behauptete Angela und versuchte, eine Nadel einzufädeln. „Wie bekommt ihr nur immer diese dicken Fäden durch dieses kleine Nadelöhr? Ich plage mich jetzt schon seit Stunden damit ab!“

Die Kameradinnen lachten. Elli nahm ihr Nadel und Faden ab – und dann auch noch den Socken.

„Ich stopfe deine Sachen für dich, Angela“, sagte sie. „Ärgere dich nicht. Sicher hat dich Irene verpetzt, weil du irgendeine Bemerkung über sie gemacht hast. Das ist nun die Quittung dafür.“

Elli stopfte die drei Paar Socken – nicht sehr gut zwar, denn Handarbeiten waren nicht ihre Stärke. Aber Angela freute sich und war danach ganz besonders nett zu ihr.

Bettina hatte als nächste Ärger mit der Hausmutter. Auch

sie schaute verächtlich auf Irene herab und sprach kaum ein Wort mit ihr. Als sie sich eines Morgens über Halsweh beklagte, verließ Irene sofort den Schlafsaal. Kurze Zeit später wurde Bettina zur Hausmutter gerufen.

„Ich habe gehört, daß du eine Halsentzündung hast", sagte die Hausmutter mit ihrem dünnen Lächeln. „Das solltest du mir sofort melden. Irene hat sich Sorgen um dich gemacht und mir Bescheid gesagt. Das war sehr freundlich von ihr. Hier gebe ich dir etwas zum Gurgeln und eine Arznei, die dir sicher hilft."

„Aber mein Hals ist schon viel besser", sagte Bettina erschrocken. Und das stimmte sogar – trotzdem mußte die Ärmste zehn Minuten lang mit einer scheußlichen Flüssigkeit gurgeln und danach eine bittere Medizin schlucken.

Diese Medizin stammte noch von der alten Hausmutter. Sie wußte genau: Wenn die Mädchen recht unangenehme Säfte schlucken mußten, verging ihnen die Lust, eine Krankheit vorzutäuschen, sobald etwa eine Klassenarbeit oder eine Prüfung drohte. Ja, die Hausmutter hatte ihre Pappenheimer gekannt! Und die neue hatte es natürlich sofort erfaßt.

Ärgerlich und wütend kam Bettina zurück. Sie hielt zuerst nach Irene Ausschau und erzählte dann den anderen: „Irene hat schon wieder gepetzt. Sie verriet ihrer Mutter, daß ich Halsschmerzen hatte. Das übrige könnt ihr euch wohl denken. Mir ist noch ganz übel von der Behandlung."

„Wir müssen vorsichtig sein, wenn Irene in der Nähe ist", meinte Elli. „Vielleicht sollten wir ein bißchen netter zu ihr sein."

„Ich denke nicht daran", erklärte Claudine. „Ich kann Irene nicht ausstehen."

Claudine blieb dabei. Sie war nicht eine Spur freundlicher zu Irene, im Gegenteil sehr barsch und kurzangebunden. Die Rache der Hausmutter ließ nicht auf sich warten. Claudine erhielt einen Berg Wäsche zum Ausbessern.

„Du hast an allen Laken den Saum aufgerissen", sagte die Hausmutter zu Claudine. „Und deine Wäsche ist auch nie in Ordnung. Du bist ein recht nachlässiges Mädchen. Zur Strafe mußt du all diese Sachen selber flicken!"

Claudine sagte dazu nicht ein einziges Wort. Sie nahm den Berg Wäsche und legte ihn in ihr Fach. Zuerst glaubten die Mädchen, dort würde er liegen und rasch vergessen werden – oder Claudine würde sich weigern, auch nur einen Finger dafür krumm zu machen. Aber zu ihrer großen Überraschung nahm Claudine am Nachmittag den Packen Wäsche und fing an zu arbeiten.

Bobby beobachtete, wie ihre Nadel flog. „Du kannst aber schön nähen!" sagte sie. „Wirklich wahr! Das hätte ich dir nie zugetraut!"

„Ich nähe und stopfe sehr gerne", sagte Claudine. „In Frankreich lernen wir das schon beizeiten. Ihr stellt euch sehr ungeschickt an. Schwimmen und Tennisspielen – das könnt ihr gut, aber ihr versteht nicht einmal einen Saum ordentlich anzuheften!"

„Claudine, leg deine Näherei weg und komm mit in den Garten", rief Ruth. „Draußen scheint die Sonne."

Claudine ließ sich nicht hinauslocken. „Ich sehe die Sonne auch durchs Fenster", sagte sie und nähte eifrig weiter. „Laßt mich in Ruhe. Ich habe zu tun!"

Bobby starrte auf den gebeugten Nacken der kleinen Französin, und dann begann sie loszukichern.

„Claudine", sagte sie. „Gib zu, daß du viel lieber nähst, als mit uns schwimmen zu gehen oder Tennis zu spielen."

„Aber natürlich", erwiderte Claudine heiter. „Ich nähe leidenschaftlich gern!"

„Claudine hat uns alle hereingelegt", sagte Bobby lachend. „Sie wollte nur eine Entschuldigung, um sich vorm Sport zu drücken. Die Hausmutter hat geglaubt, sie würde Claudine bestrafen – und jetzt hat sie ihr nur einen Gefallen getan. Claudine ist wirklich schlau."

In dem Augenblick betrat Fräulein Ellis das Zimmer. „Beeilt euch, Mädchen“, sagte sie. „Claudine, leg dein Nähzeug weg.“

„Es tut mir leid, Fräulein Ellis, aber die Hausmutter hat mir befohlen, erst meine Sachen zu flicken – ehe ich hinausgehe“, erwiderte Claudine und schaute die Lehrerin mit großen Unschuldsaugen an. „Ich bin sehr traurig darüber – aber vermutlich ist nichts zu ändern?“

„Hm“, sagte Fräulein Ellis, die dem unschuldigen Blick mißtraute. „Ich werde noch einmal mit der Hausmutter reden.“

Die Hausmutter ließ sich jedoch nicht umstimmen, sie behauptete, Claudine sei nachlässig und unachtsam und müsse jetzt erst ihre Sachen in Ordnung bringen. Fräulein Ellis blieb nichts anderes übrig, als Claudine im Gemeinschaftsraum zurückzulassen. Die kleine Französin verbrachte einen sehr angenehmen Nachmittag. Sie saß in einer Ecke des sonnigen Zimmers, ließ die Nadel über das Leinen tanzen und hörte zu, wie sich die anderen im Garten vergnügten. Sie hatte nicht die geringste Lust, sich ihnen anzuschließen.

Jetzt sind sie wieder in diesem scheußlich kalten Wasser, dachte Claudine und freute sich, daß sie nicht dabei sein mußte. Als sie Schritte vernahm, hob sie den Kopf. Mamsell hatte den Raum betreten.

„Ah, ma petite“, sagte Mamsell mit breitem Lächeln. „Hier bist du also. Zeig mal deine Näherei. Sehr schön gemacht! Wo sind denn die anderen?“

„Drunten im Schwimmbecken“, sagte Claudine auf französisch. „Immer sind sie im Wasser oder spielen Tennis oder rennen herum wie die Irren. Ich sitze lieber hier und nähe, ma tante;“

„Recht so, kleine Claudine“, sagte Mamsell, die der gleichen Ansicht war. Sie hatte auch nicht viel für den Sport übrig. „Bist du glücklich, mein Kleines?“

„Ja, danke, ma tante“, erwiderte Claudine. „Ich langweile mich nur ein wenig. Passiert eigentlich nie etwas in eurer Schule?“

„Eigentlich nicht“, sagte Mamsell. Aber da irrte sie sich. Es geschah schon einiges – und das sollten sie bald merken.

Angela erlebt eine Überraschung

Eines Tages war beim Tennisspielen ein Ball verloren gegangen.

„Wir suchen ihn später“, sagte Bobby, die nicht gern ein angefangenes Spiel unterbrach.

Aber der Ball tauchte nicht wieder auf, deshalb erbot sich Angela, ihn zu suchen. Sie war die einzige, die frei hatte. Die drei anderen Spielerinnen hatten Klavierunterricht und mußten sich beeilen, ins Haus zu kommen.

„Danke, Angela“, sagte Hilda, bevor sie wegrannte. „Wenn du den Ball findest, steck ihn zu den anderen in die Schachtel – aber wenn du ihn nicht findest, macht es auch nichts!“

Angela packte ihre Tennisschläger zusammen und sah sich nach dem vermißten Ball um. Aber er war nirgends zu entdecken. Ob er vielleicht über die hohe Gartenmauer geflogen war? Ich könnte ja mal schnell durchs Tor schlüpfen und draußen schauen, dachte Angela.

Sie öffnete die Gartenpforte und eilte hinaus auf die Wiese. Und dort lag der Ball. Als sie hinlief, um ihn aufzuheben, schrak sie zusammen. Hinter einer Hecke kam nämlich ein junger Mann hervor. Er war große und dünn und trug einen einfachen Anzug.

Angela hob schnell den Ball auf und wollte gerade in den Garten zurückeilen, als der junge Mann sie anredete.

„Sag mal, gehörst du auch nach Lindenhof?“ fragte er.

Angela musterte ihn von Kopf bis Fuß. Er gefiel ihr gar nicht. Sein Haar war lockig und viel zu lang, seine Augen waren klein und von dunklen Rändern umrahmt. Er sah bleich und angegriffen aus.

„Was kümmert es Sie, ob ich nach Lindenhof gehöre oder nicht?“ sagte Angela hochmütig.

„Werde nur nicht gleich albern und eingebildet“, sagte der junge Mann. „Ich möchte nur einen Augenblick mit dir reden.“

„Aber ich nicht mit Ihnen“, erwiderte Angela und öffnete die Gartentür. Der junge Mann versuchte, sie zurückzuhalten. „Warte einen Moment“, sagte er, und das klang so dringend, daß Angela unwillkürlich zögerte.. „Bitte, richte doch einem der Mädchen etwas von mir aus“, sagte er.

„Natürlich tue ich das nicht“, erwiderte Angela. „Lassen Sie mich jetzt bitte vorbei. Ich will nicht mehr belästigt werden.“

„Hör zu. Sag Irene, daß Eddy hier ist und sie sprechen muß“, sagte der junge Mann. „Hier ist ein Brief für sie. Kannst du ihn ihr geben?“

„Sie sind also Irenes Bruder“, sagte Angela überrascht. „In Ordnung, ich gebe ihr den Brief. Aber warum kommen Sie denn nicht herein und besuchen Ihre Schwester und Ihre Mutter?“

„Meine Mutter darf auf keinen Fall erfahren, daß ich hier bin“, erklärte der junge Mann. „Um Himmels willen, verrate mich nicht. Wenn sie mich sieht, bekomme ich schrecklichen Ärger.“

„Den bekommen wir auch öfters“, meinte Angela kurz und nahm den Brief an sich.

Das Mädchen betrat den Garten und schloß die Tür. Dann stopfte sie den weißen Umschlag in ihre Rocktasche. Sie wollte ihn Irene geben, sobald sie sie traf.

Aber Irene war nirgends zu sehen. Im Waschraum begegnete Angela Elli, und sie erzählte ihr von Eddy.

„Nun sag bloß", rief Elli aufgeregt. „Was wollte der Bursche denn?"

„Er war ein schrecklicher Mensch", sagte Angela und übertrieb wie gewöhnlich, wenn sie ein Ereignis erzählte. „Er sah aus wie der Schlächtergeselle, der uns immer das Fleisch bringt – du weißt doch, dieser dünne Kerl mit der langen Mähne und den Pickeln im Gesicht. Ich hätte ihn am liebsten gefragt: Gibt es heute Kotelett oder wieder Gulasch?"

Elli lachte, und ein paar andere Mädchen, die dazugekommen waren, lachten auch. Angela hatte gern bewundernde Zuhörer, deshalb fuhr sie eifrig fort zu erzählen. Sie bemerkte gar nicht, daß Irene im Raum war.

„Nun, er hat mich gefragt, ob ich nach Lindenhof gehöre – und ich habe geantwortet, daß ihn das nichts angeht. Und dann hat er mir gesagt, wer er sei. Ihr werdet es nie erraten."

Neugierig umlagerten die Mädchen Angela. „Wer war es denn?" fragte Elli. „Wir bringen es doch nicht heraus."

„Nun, es war der liebe, herrliche Eddy, Irenes Bruder", erwiderte Angela. „Ihr könnt euch gar nicht vorstellen, wie gewöhnlich er aussieht. Ich hätte ihn am liebsten gefragt, ob er Angst vorm Friseur hat!"

Jemand drängte sich rücksichtslos zu Angela vor. Es war Irene. Ihre Wangen waren feuerrot. Wütend schaute sie Angela an.

„Du Lügnerin!" sagte sie. „Mein Bruder kann gar nicht in Lindenhof sein. Wie kannst du es wagen, so unverschämt zu schwindeln! Ich sage es sofort meiner Mutter – und dann wirst du mal etwas erleben – du eingebildete Gans!"

Irene brach in Tränen aus und ging zur Tür. Die Mädchen starrten ihr entsetzt nach.

„Meine Güte!" rief Elli. „Die geht jetzt wirklich zur Hausmutter – und was dann folgt, könnt ihr euch ja denken. Du hast doch die ganze Sache nicht erfunden, Angela?"

Angela rannte zur Tür und rief Irene nach: „Geh nur zu

deiner Mutter und erzähl ihr alles! Aber denk daran, daß mich dein lieber Eddy fast auf den Knien angefleht hat, deiner Mutter nichts zu verraten. Du wirst eher ihm Ärger bereiten als mir!“ Irene drehte sich herum, sie sah jetzt richtig ängstlich aus. Sie war plötzlich überzeugt, daß Angela die Wahrheit gesagt hatte. Eddy befand sich in der Nähe.

„Was hat er zu dir gesagt?“ fragte sie Angela mit zitternder Stimme. „Möchte er mit mir sprechen?“

„Ich habe keine Lust mehr, es dir zu sagen“, erwiderte Angela hochmütig. „Ich wollte dir einen Gefallen tun und dich benachrichtigen. Da du dich aber mir gegenüber so häßlich betragen hast, denke ich gar nicht daran.“

Gerade in diesem aufregenden Moment streckte Fräulein Ellis den Kopf durch die Tür. Sie sah recht verärgert aus.

„Habt ihr denn nicht das Klingeln gehört?“ fragte sie. „Und was macht ihr überhaupt hier? Was gibt’s denn so Wichtiges zu reden?“

„Entschuldigen Sie, Fräulein Ellis“, sagten alle und beeilten sich, ins Klassenzimmer zu kommen. Natürlich hatten sie das Klingeln gehört – aber wer konnte sich schon losreißen, wenn solch interessanter Streit zwischen der engelhaften Angela und der unbeliebten Irene stattfand?

Angela war bester Laune, als sie sich an ihr Pult setzte. Nun hatte sie Irene genau dort, wo sie sie haben wollte – unter ihrer Fuchtel. Wenn Irene noch einmal versuchte, sie zu verpetzen, dann konnte sie drohen, der Hausmutter alles zu verraten. Angela lächelte vor sich hin. Immer wenn sie über häßliche Gedanken brütete, sah sie besonders hübsch und unschuldig aus. Das war wirklich seltsam!

Irene sah das Lächeln und preßte die Lippen zusammen. In diesem Augenblick haßte sie Angela von ganzem Herzen. Wie konnte sie nur Eddy mit diesem abscheulichen Schlächtergesellen vergleichen! Eddy war für Irene das herrlichste Wesen der Welt. Eddy wiederum liebte seine kleine Schwester mit großer Zärtlichkeit.

„Wenn ich erst erwachsen bin, suche ich mir eine gute Stellung, und dann sorge ich für dich und Mutter", hatte er oft gesagt. „Dann braucht auch Mutter nicht mehr zu arbeiten – und dann ist sie vielleicht nicht mehr so nervös und verbittert. Warte nur ab, wie gut es uns noch gehen wird."

Nun hatte Angela so verächtlich von diesem lieben, freundlichen Bruder gesprochen. Irene wäre am liebsten in Tränen ausgebrochen, so zornig war sie. Und außerdem machte sie sich Sorgen. Warum hatte Eddy seinen Arbeitsplatz verlassen und war hergekommen? Was war geschehen? Wenn sie doch wüßte, wo sie Eddy finden könnte!

Ob er noch immer vor der Schule stand? Sie hatte ihn mehrere Wochen nicht gesehen und wollte gern mit ihm reden. Vielleicht fühlte er sich genauso einsam wie sie, vielleicht hatte er sich extra freigenommen, um sie zu besuchen.

Irene schaute zu Angela hinüber. Das Mädchen las aufmerksam in seinem Französischbuch und sah sehr reizend und engelhaft aus. Irene biß die Zähne zusammen.

Wenn ich etwas über Eddy erfahren will, muß ich Angela um Verzeihung bitten, dachte sie. Dieses Scheusal! Ich würde ihr am liebsten den Hals umdrehen!

Sie seufzte laut. Fräulein Ellis sah sie nachdenklich an.

„Irene, fühlst du dich nicht wohl?" erkundigte sie sich. „Du hast noch kein einziges Wort in dein Heft geschrieben!"

„Mir geht es gut, danke", sagte Irene hastig. „Diese – diese Übersetzung ist ein bißchen schwierig."

„Die muß ja auch schwierig sein, wenn man den Text im Erdkundebuch sucht", sagte Fräulein Ellis spöttisch. Erschrocken schaute Irene auf ihr Pult. Wirklich, da lag ihr Erdkundebuch! Und Fräulein Ellis hatte es sofort bemerkt.

Irene gab keine Antwort, sondern holte hastig das richtige Buch hervor. Angela drehte sich um und lächelte hämisch. Sie wußte genau, wo Irene mit ihren Gedanken war. Sicher machte sie sich Sorgen – aber das geschah ihr ganz recht!

Elli, die neben Irene saß, empfand Mitleid. Sie war zwar im allgemeinen recht oberflächlich, aber sie konnte es nicht mit ansehen, wenn jemand Kummer hatte. Nach der Stunde ging sie zu Angela und sprach mit ihr.

„Angela", bat sie, „sag doch Irene, was ihr Bruder von ihr will! Sie ist in einem schrecklichen Zustand. Sie hat so tief geseufzt, daß ich es nicht überhören konnte!"

Angela verzog keine Miene bei Ellis Bitte. Sie ließ sich ohnehin nicht gern etwas sagen. Mit kühlem Gesicht wandte sie sich ab. Sie schmollte wieder einmal, und Elli wußte, daß sie eine Ewigkeit brauchen würde, ihre Freundin versöhnlicher zu stimmen. Angela wollte gerade den Raum verlassen, als Irene auf sie zutrat. „Angela", sagte Irene mit gezwungenem Lächeln. „Kann ich einen Augenblick mit dir sprechen? Allein, bitte!"

Angela und Irene

„Ich bin beschäftigt", sagte Angela kurzangebunden.

„Nur einen Augenblick", erwiderte Irene und versuchte, ruhig zu bleiben. „Es ist wichtig für mich, Angela!"

„Hoffentlich entschuldigst du dich erst mal wegen deines unmöglichen Benehmens", sagte Angela hochnäsig. „Vorher spreche ich nämlich nicht mit dir."

Irene schluckte heftig und zwang sich, ein freundliches Gesicht zu machen, obwohl sie am liebsten losgeheult hätte. „Ich bitte dich um Verzeihung, Angela. Ich – ich habe einfach den Kopf verloren!"

Carlotta, die zufällig hinzutrat, kam Irene unerwartet zu Hilfe. „Wenn du meine Meinung hören willst, Irene", sagte sie, „dann sollte Angela *dich* um Verzeihung bitten, wegen ihrer häßlichen Bemerkungen nämlich."

Angela drehte sich wütend zu Carlotta um. Ihre großen, blauen Augen blitzten vor Zorn.

„Wer schert sich schon um die Meinung von Zirkusleuten?“ schrie sie. Carlotta lachte nur laut auf.

„Wenn ich nicht zu erwachsen wäre, würde ich dir jetzt die härteste Ohrfeige geben, die du in deinem Leben erhalten hast“, sagte sie fröhlich.

„Mich hat noch nie jemand angerührt“, sagte Angela hochmütig.

„Das merkt man“, entgegnete Carlotta. „Du wärst sehr viel netter, wenn jemand das mal getan hätte. Komm, Irene, laß diese eingebildete Gans stehen.“

Irene war dankbar, daß ihr Carlotta so unerwartet zu Hilfe kam. Trotzdem schüttelte sie den Kopf. Sie mußte herausfinden, was Eddy gesagt hatte. Welch dummer Zufall, daß er ausgerechnet an Angela geraten war! Keine der anderen hätte sich so gemein verhalten – höchstens vielleicht noch Bettina.

Carlotta zuckte mit den Achseln und ging weg. Sie liebte zwar Irene nicht besonders, weil sie sie für eine Petze hielt – aber Angelas Benehmen war ihr gänzlich zuwider. Als Carlotta gegangen war, wandte sich Angela wieder an Irene.

„Nun gut“, sagte sie. „Du hast dich entschuldigt, und ich nehme deine Entschuldigung an. Über was möchtest du mit mir reden?“

„Angela, bitte sag mir doch, was Eddy gewollt hat“, bat Irene. „Hat er dir etwas für mich gegeben?“

„Ja, einen Brief“, sagte Angela. Irene wurde vor Aufregung ganz rot im Gesicht.

„Bitte gib ihn mir“, sagte sie.

„Warum sollte ich das eigentlich tun?“ erwiderte Angela. „Ich bin doch keine Botengängerin!“

Irene merkte sofort, daß Angela nur so sprach, um sie zu ärgern. Sie bezähmte die aufkommende Wut und sagte mit aller Freundlichkeit, deren sie fähig war: „Du brauchst es bestimmt kein zweites Mal zu machen. Ich werde es Edgar ausrichten. Aber bitte, gib mir jetzt den Brief."

„Hör mal gut zu", sagte Angela, die nun ihre Bedingungen stellte. „Wenn ich dir diesen Brief gebe und außerdem deiner Mutter nichts verrate, dann mußt du mir etwas versprechen."

„Was denn?" fragte Irene erstaunt. „Ich verspreche dir, was du willst."

„Schön", sagte Angela. „Du mußt mir versprechen, daß du mich nicht mehr bei deiner Mutter verpetzt. Verstanden? Ich will keine Sachen mehr ausbessern. Ich nähe und stopfe nämlich sehr ungern! Ich weiß, daß du mich schon öfters angeschwärzt hast – und daß ich deshalb Löcher flikken mußte, die ich nie gemacht habe."

„Du darfst nicht so über meine Mutter reden", sagte Irene.

„Ich tue es aber", erwiderte Angela. „Wir wissen sehr wohl, daß du uns verpetzt. Mach das bei den anderen, so viel es dir Spaß macht – doch mich laß gefälligst in Frieden. Sonst wird es dir leid tun!"

„Ich petze nicht", sagte Irene mit zitternder Stimme. „Wenn Mutter euch diese Sachen zu flicken gibt, kann ich nichts dafür!"

„Hm", machte Angela ungläubig. „Ich kann dir nur eines sagen – es ist sehr seltsam, daß die Hausmutter gerade dann einen Berg zerrissener Wäsche zutage fördert, wenn irgend jemand eine Bemerkung über dich fallen ließ. Auf jeden Fall warne ich dich, Irene: Du wirst künftig deiner Mutter nur nette Dinge von mir erzählen – oder ich verpetze *dich*. Dann erfährt eben deine Mutter, daß Eddy hier war und sie nicht sehen wollte."

Irene biß sich auf die Unterlippe. Es fiel ihr schwer, Angelas lange Rede geduldig über sich ergehen zu lassen. Aber sie hatte keine andere Wahl.

„Ich habe mich entschuldigt, Angela, und ich habe alles

versprochen, was du verlangt hast", sagte sie leise. „Bitte gib mir jetzt den Brief."

Angela steckte die Hand in die Rocktasche, zog sie aber leer wieder heraus. Sie tat, als hätte sie den Brief verloren, suchte in allen Winkeln und zuckte immer wieder die Achseln. Irene haßte sie wegen dieser boshaften Kleinlichkeit, aber sie wartete schweigend.

Endlich zog Angela den Brief hervor. Irene riß ihn ihr aus der Hand und rannte fort, ohne noch ein Wort zu sagen. Als sie allein war, öffnete sie schnell den Umschlag. Der Brief war sehr kurz.

Liebste Irene,

ich muß Dich sehen. Sag aber kein Wort zu Mutter. Wir müssen unbedingt miteinander reden. Kannst Du heute abend vor das alte, kleine Gartentor kommen? Ich warte hinter der Hecke auf Dich.

Dein Bruder Eddy

Irene las den Brief dreimal und riß ihn dann in kleine Stückchen. Sie fürchtete, ihre Mutter könnte ihn entdecken und böse auf Eddy sein. Mutter hatte wenig Verständnis für Eddy. Sie schien nicht viel von ihm zu halten. Dauernd sagte sie, was für hervorragende Fähigkeiten sein Vater besessen habe und wie seltsam es sei, daß Eddy keinerlei Begabung zeige.

Sobald die anderen im Gemeinschaftsraum sind, schlüpfe ich aus dem Haus und treffe mich mit Eddy, nahm sich Irene vor. Armer Eddy! Er muß schon eine Ewigkeit warten!

Als die Mädchen später zusammensaßen, schlich sich Irene davon. Niemand bemerkte das außer Angela. Sie hatte erwartet, daß sich Irene fortstehlen würde. Deshalb hatte sie sie die ganze Zeit beobachtet.

Wenn Irene ihren Bruder öfters heimlich trifft, kann ich sie auch damit hereinlegen, dachte sie. Sie ging hinüber in das kleine Musikzimmer, von dem aus man den ganzen Garten überblicken konnte, und sah, wie Irene durch den Garten rannte und hinter dem Gartentor verschwand.

Zufrieden ging Angela zurück. Die anderen scherzten und lachten noch immer. Angela betrachtete sie verächtlich. Wie gewöhnlich diese Mädchen aussahen! Wie albern sie sich benahmen! Angela strich sich über ihr schönes goldblondes Haar und lächelte selbstgefällig vor sich hin. Sie wußte, daß sie viel hübscher war als alle ihre Klassenkameradinnen. Was nützten schon Klugheit und andere Geistesgaben! Sie hatte alles im Leben, was sie sich nur wünschte. Und eines Tages würde ein großartiger Mann kommen und sie heiraten und dann ... Angela fing an zu träumen, die Umwelt versank vor ihren Augen.

Zwei Mädchen beobachteten sie, die eine mit Neid – die andere mit unterwürfiger Bewunderung. Bettina beneidete Angela um ihre engelhafte Schönheit, denn sie selber war schmächtig und unscheinbar. Sie hatte glattes, glanzloses Haar, wäßrigblaue Augen und ein bleiches Gesicht. Sie konnte sich mit Angela nicht messen.

Das andere Mädchen war natürlich Angelas treue Dienerin Elli. Sie fragte sich, ob ihr Angela noch immer böse war. Sie wollte doch nur ein gutes Wort für Irene einlegen. Elli versuchte, auf sich aufmerksam zu machen, aber Angela saß ganz gedankenverloren in ihrer Ecke und hing herrlichen Träumen nach.

„Du siehst hübsch aus, Angela", flüsterte Elli schließlich.

Angela lächelte. Sie vergaß, daß sie böse auf Elli war. Mit leiser Stimme erzählte sie der Freundin, wie sie Irene gedemütigt hatte.

„Ich habe zu ihr gesagt, sie sei eine schreckliche Petze", berichtete Angela, „und ich habe ihr verboten, uns noch einmal anzuschwärzen – und sie hat versprochen zu gehorchen."

„Angela, das hast du fabelhaft gemacht!" sagte Elli bewundernd. Dann schaute sie sich im Gemeinschaftsraum um. „Wo ist denn Irene?"

„Möchtest du es gern wissen?" fragte Angela, schaute auf ihre goldene Armbanduhr und stand auf. „Komm mit, ich zeig dir, wo sie ist. In fünf Minuten ist Schlafenszeit, und da muß sie ja zurückkommen."

Angela führte Elli in das kleine Musikzimmer. „Siehst du dort die Gartenmauer?" fragte Angela und deutete durchs Fenster. „Du kennst doch das kleine Tor, das auf die Wiesen hinausführt. Irene ist vorhin fortgegangen, und sicher spricht sie jetzt mit ihrem lieben Eddy."

„Schau, da kommt sie!" sagte Elli. „Die könnte was erleben, wenn sie einer Lehrerin in die Arme liefe!"

„Beeile dich", sagte Angela. „Wir passen sie vor dem Gemeinschaftsraum ab und reden mit ihr."

Die beiden Mädchen warteten, bis Irene ganz außer Atem ankam. Angela sprach sie an.

„Nun – wie geht es dem lieben Eddy?"

Irene ging an den beiden Mädchen vorbei und erwiderte kein Wort. Angela hielt sie zurück.

„Du hast meine Frage nicht beantwortet", sagte sie mit sanfter Stimme. „Wie geht's denn dem lieben Eddy?"

Irene blickte das gehässige Mädchen an. „Eddy geht es gut", sagte sie mit zitternder Stimme. „Er kommt wunderbar voran, und er hat mir viel Interessantes erzählt."

Claudine setzt ihren Willen durch

„Diesmal haben wir einen schönen Sommer", sagte Hanni zu Nanni, als sie aus dem Schwimmbecken stiegen und sich abtrockneten. „Ich bin so gern im Freien – sogar der Unterricht draußen macht mir Spaß!"

Nanni grinste. „Die gute Claudie mag aber die frische Luft nicht so sehr wie wir“, sagte sie. „War sie nicht komisch in Mathe?“

Claudine hatte sich wirklich seltsam benommen. Zuerst einmal war sie ganz entsetzt gewesen, als sie hörte, daß Fräulein Ellis an diesem Morgen den Unterricht im Garten abhalten wollte.

„Unterricht draußen?“ rief die kleine Französin verwundert. „Aber warum denn? Im Haus ist es doch viel angenehmer! Ich sitze nicht gern so ungeschützt. Die Sonne ist schrecklich heiß, sie verbrennt mich!“

Wegen Claudine verlief der Unterricht im Freien nicht sehr gut. Sie schrie auf, sobald sich ein Insekt näherte, und wenn ein Vogel vorbeiflog, deutete sie mit beiden Händen nach oben. Fräulein Ellis wurde ungeduldig.

„Was ist denn jetzt wieder los, Claudine“, rief sie, als das Mädchen plötzlich aufsprang und laut schreiend um den großen Tisch rannte.

„Ein schreckliches Tier verfolgt mich“, rief Claudine angstvoll. „Es hat einen Stachel und macht dauernd ‚Ssssss‘“.

„Eine Biene“, sagte Fräulein Ellis verächtlich. „Die wird dich schon nicht stechen. Setz dich wieder hin. Du störst die anderen.“

Den nächsten Zwischenfall verursachte eine Ameise. Claudine spürte ein Kribbeln am Oberschenkel und stieß einen solch entsetzten Schrei aus, daß alle am Tisch zusammenfuhren.

„CLAUDINE! Ich schick dich sofort ins Haus, wenn du noch einmal so brüllst“, sagte Fräulein Ellis verzweifelt. „Was ist denn jetzt schon wieder los?“

Mit zitternder Hand löste Claudine ihr Strumpfband und rollte hastig den Strumpf herunter. Französische Worte vor sich hermurmelnd, schüttelte sie die Ameise ab.

„Was passieren mir nur für schreckliche Dinge!“ seufzte sie, als das winzige Tierchen eilig davonlief.

„Dir werden noch viel schrecklichere Dinge passieren, wenn du uns jetzt wieder störst", sagte Fräulein Ellis grimmig. „Noch ein Ton von dir und du gehst sofort ins Haus."

Claudine sah ihre Lehrerin gedankenvoll an. Das war ja gerade das, was sie sich im Augenblick am meisten wünschte – in die kühle Schule zurückzukehren, in der einen keine Sonne und keine Insekten belästigten.

Claudine wartete ein paar Minuten, und dann stieß sie einen solch fürchterlichen Schrei aus, daß ihre Nachbarin Bettina entsetzt in die Höhe sprang. Fräulein Ellis fuhr wütend auf. Von ihrer sonstigen Ruhe war nichts mehr zu spüren.

„Claudine! Du benimmst dich unerträglich. Geh sofort ins Haus und melde dich im Lehrerzimmer. Sag der Lehrerin, die du dort triffst, daß du als Strafe für dein unmögliches Benehmen deine Mathematikaufgaben drinnen machen mußt. Und wenn ich am Ende der Stunde dein Heft anschaue und einen einzigen Fehler entdecke, dann kannst du etwas erleben. Du hast mich sehr geärgert!"

Vergnügt lief Claudine ins Haus

Mit größtem Vergnügen packte Claudine ihre Sachen zusammen und hastete ins Haus. Die Klasse fing an zu kichern. Fräulein Ellis schaute ihre Schülerinnen scharf an, und gleich war es wieder ruhig. Doch nun kam es der Lehrerin in den Sinn, daß Claudine genau das erreicht hatte, was sie erreichen wollte.

Wer war wohl jetzt im Lehrerzimmer? Fräulein Ellis glaubte, Fräulein Rollins, und da war sie wieder zufrieden. Fräulein Rollins war nämlich sehr streng; sie würde Claudine das Leben nicht allzu angenehm machen.

Aber zu Claudines großer Freude war es nicht Fräulein Rollins. Als sie schüchtern an die Tür klopfte, rief eine andere Stimme ‚herein'. Es war die Stimme von Mamsell!

Mit aufgestütztem Kopf saß sie über einer Klassenarbeit. Verwundert schaute sie auf, als Claudines kleine schmale Gestalt auf der Türschwelle erschien.

„Was machst du hier, Claudine?" fragte Mamsell auf französisch. Claudine erzählte sofort eine mitleiderregende Geschichte – wie all diese schrecklichen Insekten über sie hergefallen waren, wie sie sie gebissen und gestochen und ihr das Leben zur Hölle gemacht hatten. Und dann brannte diese furchtbare Sonne auf sie herunter, und sicher bekam sie nun lauter häßliche Sommersprossen. Und es war unerträglich heiß, man fühlte sich ganz unwohl, und . . .

Mamsell hatte viel Verständnis. Sie mochte nämlich auch die Sonne nicht, und Insekten flößten ihr ebenfalls Furcht ein. Mitleidig strich sie ihrer Nichte über das Haar. Sie vergaß völlig zu fragen, ob Claudine aus eigenem Antrieb gekommen war oder ob man sie zur Strafe ins Lehrerzimmer geschickt hatte. Bald waren die beiden in ein angeregtes Gespräch verstrickt.

Als Fräulein Ellis später fragte, ob Mamsell der kleinen Claudine tüchtige Vorhaltungen gemacht hatte, bekam die Französischlehrerin einen Schreck – und ein schlechtes Gewissen.

„Ach, die arme kleine Claudine", sagte sie endlich. „Sie dürfen nicht zu hart zu ihr sein, Fräulein Ellis. Für eine kleine Französin ist es nicht so einfach, im Ausland zu leben."

Fräulein Ellis knurrte. „Das bedeutet wohl, daß Sie dieses freche kleine Ding noch bedauert haben! Und wahrscheinlich haben Sie ihr sogar bei den Mathematikaufgaben geholfen!"

Mamsell fühlte sich gar nicht wohl in ihrer Haut. Sie hatte tatsächlich Claudine bei den Aufgaben geholfen – und sie hatte natürlich alles geglaubt, was ihr das Mädchen vorgejammert hatte. Aber Claudine würde doch ihre gute Tante nicht beschwindeln? Nein – das was ganz unmöglich!

Die Tage und Wochen vergingen schnell. Das Wetter blieb herrlich, kaum ein Wölkchen trübte den klarblauen Himmel. Die meisten Mädchen verbrachten ihre ganze Freizeit in der frischen Luft: Sie schwammen, spielten Tennis und arbeiteten im Garten. Alle wurden tiefbraun, mit Ausnahme von Claudine, die sich ihre bleiche Lilienfarbe bewahrte. Eine Woche lang machte sie sich große Sorgen, denn sie war überzeugt, daß sich eine Sommersprosse in ihrem Gesicht entwickelte. Es machte den Mädchen Spaß, sie zu necken.

„Meine Güte! Claudines Sommersprosse sieht man jetzt aber ganz deutlich", sagte Hilda und starrte auf die kleine weiße Nase.

„Ja, das wird eine wirkliche Schönheit!" bestätigte Hanni.

„So groß wie ein Zweimarkstück!" fügte Nanni hinzu.

Claudine stieß einen Schrei des Entsetzens aus und zog den kleinen Spiegel hervor, den sie immer bei sich trug.

„Ich habe keine Sommersprosse", sagte sie dann entrüstet. „Ihr verwechselt mich wohl mit der da!"

Die Mädchen drehten sich um. Wen meinte Claudine? Es war Irene, die in Gedanken versunken den Korridor entlangkam.

„Weshalb sieht Irene jetzt immer so verschlossen aus?" fragte Hilda nachdenklich. „Als ob sie ein Geheimnis hat und sich fürchtet, jemand könne es erraten. Manchmal macht sie einen ganz elenden Eindruck!"

„Dabei hat sie ihre Mutter hier und kann mit ihr sprechen!" sagte Hanni. Die anderen schnaubten verächtlich.

„Pah", machte Bobby. „Würdest du dieser Mutter irgend etwas erzählen, was dich bedrückt? Ich ganz bestimmt nicht! Sie ist so hart wie ein Stein. Ich hoffe nur, daß ich nie krank werde, solange sie hier ist. Von ihr möchte ich wahrhaftig nicht gepflegt werden."

Die Mädchen blieben Irene gegenüber vorsichtig. Jede absichtliche oder unabsichtliche Kränkung hatte ihre Folgen. Angela blieb als einzige verschont. Sie konnte tun und lassen, was sie wollte.

„Wahrscheinlich vermißt Irene ihren großen Bruder", sagte Bobby. „Ihr erinnert euch doch noch, was uns Angela erzählte – daß er sie besuchte, daß er aber nicht seine Mutter sehen wollte. Sicher ist er in irgendwelchen Schwierigkeiten, und Irene macht sich deswegen Sorgen."

„Arme Irene", sagte Hilda. „Ich werde sie mal ein bißchen durchleuchten."

Mit viel Zartgefühl ging Hilda daran, Irene auszufragen, aber sie erfuhr nur sehr wenig.

„Wie alt ist denn dein Bruder, Irene?" erkundigte sie sich. „Ähnelt er dir sehr?"

Irene zog eine Momentaufnahme hervor und zeigte sie Hilda. Sie schien froh zu sein, daß sie mit jemandem über Eddy reden konnte. „Er ist achtzehn", sagte sie, „drei Jahre älter als ich. Er ist ein sehr lieber Kerl. Aber er hat nie viele Möglichkeiten gehabt. Weißt du, mein Vater ist sehr früh gestorben. Eddy sollte eigentlich studieren, aber wir haben nicht so viel Geld. Er muß sich seinen Lebensunterhalt selber verdienen."

Hilda betrachtete das Foto: Es war ein weich aussehender

junger Mann, dieser Eddy. Er machte einen freundlichen Eindruck, aber mehr konnte man nicht über ihn sagen.

„Als was arbeitet er denn?“ fragte sie.

„Eddy ist in einem Ingenieurbüro“, erzählte Irene. „Er kommt gut voran. Eines Tages wird er eine Menge Geld verdienen.“

„Du machst dir doch seinetwegen keine Sorgen? Oder?“ erkundigte sich Hilda und schaute Irene in das errötende Gesicht.

Das Mädchen antwortete sofort. „Sorgen wegen Eddy? Natürlich nicht! Warum sollte ich? Ich wäre nur froh, wenn ich ihn öfters sehen könnte, das ist alles. Ich vermisse ihn sehr.“

Hilda drang nicht weiter in Irene. Es fiel ihr nur auf, daß Irene immer vergrämter aussah und sich immer weniger am Unterricht beteiligte. Ob das tiefere Gründe hatte? überlegte Hilda.

Oft hörten die Mädchen, wie die Hausmutter an Irene herumnörgelte. Manchmal bekam sie freilich eine patzige Antwort, aber meist ließ Irene alles wortlos über sich ergehen. Einigen Schülerinnen tat Irene leid, die meisten lächelten jedoch schadenfroh. Für sie blieb Irene eine Petze.

Es kamen Geburtstage, Überraschungen wurden vorbereitet und Geschenke gekauft. Angela hatte genügend Taschengeld und erstand kostbare Dinge. Bettina versuchte sie manchmal darin zu übertreffen, aber es gelang ihr nicht.

Irene schenkte überhaupt nichts. „Es tut mir leid“, sagte sie zu Hilda an deren Geburtstag. „Ich würde dir gern etwas geben – aber ich habe im Augenblick leider kein Geld. Trotzdem gratuliere ich dir sehr herzlich und wünsche dir alles Gute.“

„Danke schön“, sagte Hilda. Sie fand es sehr mutig von Irene, daß sie so offen und ehrlich war und keine alberne Ausrede benützte. In diesem Moment war ihr Irene geradezu lieb.

Angela schenkte Hilda ein Lederetui für den Füller und einen silbernen Bleistift darin. Hilda freute sich sehr darüber. Dann kam Bettina mit einem Saffiangeldbeutel, auf dem Hildas Anfangsbuchstaben gedruckt standen.

„Oh, Bettina – so etwas Hübsches habe ich mir schon lange gewünscht", sagte Hilda. „Aber du hättest nicht so viel Geld ausgeben dürfen! Das kannst du dir doch gar nicht leisten!"

Bettina errötete und sagte geziert: „Ich bekomme so viel Geld, wie ich nur will. Ich werfe nur nicht damit um mich, wie Angela es tut. Mach dir keine Gedanken, Hilda, ich kann es mir leisten!"

„Gegen so viele reiche Leute kommen wir natürlich nicht an", sagte Hanni kichernd zu Nanni. „Übrigens ist von den beiden Bettina mir immer noch die liebere. Angela kann schrecklich gehässig sein. Sie sagt die bösartigsten Dinge mit dem engelhaftesten Lächeln."

„Eigentlich mag ich keinen von unseren Neuankömmlingen, wenn ich es recht bedenke", meinte Nanni und krauste die Stirn. „Angela ist boshaft und eingebildet. Bettina ist neidisch und auch eingebildet. Claudine ist zwar ganz lustig, aber ohne das leiseste Verantwortungsgefühl. Und Irene ist eine Petze und obendrein langweilig."

„Du bist auch gehässig, Nanni", stichelte Hanni.

„Das stimmt nicht", sagte Nanni ernst. „Ich beurteile die Menschen nur, wie ich sie sehe. Ich lasse mich nicht durch ein hübsches Gesicht täuschen. Aber wenn ich auch von einer nicht viel halte, so würde ich ihr doch helfen, wenn es not täte. Ist das gehässig?"

„Nein, das glaube ich nicht", sagte Hanni. „Du hast schon recht, altes Haus. Es macht nichts, wenn man die Leute sieht, wie sie sind, und wenn man sie nicht sonderlich liebt – wichtig ist nur, daß man ihnen unter die Arme greift, wenn sie es nötig haben."

Der Besuchstag kommt heran

Der Besuchstag, der immer im Juni lag, rückte näher. Die Mädchen waren sehr aufgeregt. Sie freuten sich auf die Eltern. Tennis- und Schwimmwettkämpfe wurden vorbereitet. Hilda, Bobby, die Zwillinge und ein paar andere wollten gern mitmachen.

„Sicher wird es ein herrlicher Tag", meinte Hilda. „Kommt deine Mutter auch, Angela?"

„Natürlich", erwiderte Angela. „Und Vati auch. Ich bin schon ganz gespannt, wie ihr neues Auto aussieht. Es muß ein toller Wagen sein, schwarz, mit hellen Ledersitzen und . . ."

„Ich wette, du freust dich mehr auf das Auto als auf deine Angehörigen", sagte Bobby grinsend. „Du sprichst von deinen Eltern immer nur, wenn du ihren Reichtum erwähnen kannst. Weißt du das eigentlich?"

Angela tat gekränkt. „Ich weiß nicht, was du damit sagen willst", erwiderte sie. „Aber ich glaube, du würdest auch über Autos und solche Sachen sprechen, wenn deine Eltern in unserer Lage wären. Und sieh dir nur einmal meine Mutter an, wenn sie kommt. Sie ist sehr schön – sie hat goldblondes Haar wie ich, und strahlendblaue Augen, und sie trägt die kostbarsten Kleider . . ."

„Und sogar die Sicherheitsnadeln sind aus purem Gold und mit Brillanten verziert", beendete Hanni den Satz.

„Das ist gar nicht komisch", sagte Angela, als die anderen zu lachen begannen. „Ich sage euch nur das eine, wartet ab, bis ihr meine Mutter seht. Sie ist die wundervollste Frau der Welt!"

„Wie schade, daß du ihr gar nicht ähnelst, Angela", sagte

Bobby bedauernd. „Ist deine Mutter nicht traurig, daß ihre Tochter nicht nach ihr geraten ist?“

Angela wurde rot vor Zorn. Sie konnte diese Art Scherze nie ertragen. „Nun gut“, sagte sie verärgert. „Redet nur und wartet ab, bis ihr meine Mutter seht! Dann sagt mir, ob sie nicht die herrlichste Frau ist, die ihr je in eurem Leben getroffen habt. Hoffentlich trägt sie ihre doppelreihige Perlenkette. Die ist fünfzigtausend Mark wert!“

„Mich interessiert nicht, was meine Mutter anhat“, ließ sich Carlas schüchternes Stimmchen vernehmen. „Meinetwegen kann sie ihre ältesten Sachen tragen. Mich stört es auch nicht, ob sie eine Laufmasche in ihren Strümpfen hat oder ob ihre Nase glänzt – Hauptsache, sie kommt und verbringt ein paar Stunden mit mir. Und wenn sie die unordentlichste, häßlichste, ärmlichste Frau wäre – ich würde trotzdem stolz auf sie sein und sie allen anderen Müttern vorziehen.“

Das war eine lange Rede für die zaghafte Carla. Als sie aufhörte zu sprechen, schwiegen alle. Hanni entdeckte, daß sie Tränen in den Augen hatte. Carla hatte mit solcher Liebe geredet – und was sie gesagt hatte, war ganz aufrichtig.

Sogar Angela hatte es die Sprache verschlagen. Überrascht schaute sie Carla an. Sie wollte gerade eine höhnische Bemerkung machen, als ihr Bobby das Wort abschnitt.

„Jetzt halte du den Mund“, sagte Bobby warnend. „Carla hat genau das Richtige gesagt, und mehr wollen wir nicht hören.“

Angela schwieg, nur im geheimen malte sie sich aus, wie sehr ihre Kameradinnen wohl über ihre Mutter staunen würden.

„Kommen deine Eltern auch?“ erkundigte sich Hilda bei Bettina.

„Natürlich“, sagte Bettina fröhlich. Mit großem Eifer erzählte sie: „Mein Vater sieht gut aus, und Mutter ist einfach süß. Hoffentlich trägt sie das Kleid, das sie sich in den Ferien kaufte – darin schaut sie besonders hübsch aus. Sie wirkt ganz jung darin."

Bettina war genauso eingebildet auf ihre Eltern wie Angela, aber sie sprach doch anders von ihnen, rühmte ihre Großzügigkeit, ihre Herzensgüte und ihren Humor.

„Bettinas Eltern scheinen nett zu sein", sagte Hanni. „Übrigens werde ich mir Angelas Familie genau ansehen – ich habe so das Gefühl, ihr Vater trägt Brillantknöpfe am Mantel und ihre Mutter behängt sich mit drei Nerzstolen auf einmal."

Nanni kicherte. „Haben wir's gut, daß unsere Mutter eine normale Frau ist", sagte sie, „nett und fröhlich und vernünftig – und ohne Firlefanz!"

Für den Besuchstag waren nicht nur Sportvorführungen geplant, sondern auch eine Ausstellung von Zeichnungen und Handarbeiten. Hier konnte Claudine glänzen. Sie hatte ein paar schöne Kissen entworfen und genäht.

Mamsell war auf die Arbeit ihrer Nichte sehr stolz und erzählte allen Kolleginnen immer wieder davon, bis die es nicht mehr hören mochten.

„Diese Kissenbezüge sind ungewöhnlich schön", sagte sie zu Fräulein Ellis. „Ach, meine geschickte kleine Claudine! Finden Sie nicht auch, daß die Farben ganz hervorragend gewählt sind?"

„Ja", erwiderte Fräulein Ellis. „Davon versteht sie mehr als von ihren Schulaufgaben!"

„Na, na", sagte die gekränkte Mamsell. „Man kann nicht für alles eine große Begabung haben. Die kleine Claudine ist dafür . . ."

„Ich verlange gar keine große Begabung", erklärte Fräulein Ellis. „Ich möchte nur ein klein wenig Aufmerksamkeit im Unterricht und ein klein wenig Fleiß bei den Hausaufgaben. Mamsell, Sie verwöhnen Claudine!"

„Ich? Ich verwöhne Claudine?“ rief Mamsell, und vor Ärger fiel ihr die Brille von der Nase. „Ich habe noch nie eine Schülerin verwöhnt, noch nie in meinem Leben! Immer bin ich streng, immer bin ich gerecht, immer bin ich ...“

„Schon gut, Mamsell“, sagte Fräulein Ellis hastig, denn sie wußte, daß Mamsell gleich eine ihrer langen und leidenschaftlichen Reden halten würde.

Mamsell sah sich nach ihrer Nichte um.

„Ach, meine kleine Claudine“, sagte sie und umarmte das erstaunte Mädchen. „Sei nicht traurig, weil deine Eltern zum Besuchstag nicht kommen.“

„Ist schon gut!“ sagte Claudine lässig. Aber Mamsell hatte noch lange nicht genug gesprochen.

„Ach, meine Claudine, ich werde da sein, mein Kleines. Ich werde auch sorgen, daß die Leute deine Kissen bewundern!“

„Bitte, Tante Mathilde, tu das nicht!“ flehte Claudine, die mit Entsetzen zuhörte. „Die anderen würden sich totlachen. Bitte, tu es nicht. Ich fühle mich nicht einsam. Mir macht es überhaupt nichts aus, daß ich keinen Besuch erhalte.“

„Oh, dieses tapfere kleine Ding“, seufzte Mamsell und wischte sich eine Träne ab. „Ich sehe schon, wie mutig du bist. Du willst den anderen nicht zeigen, wie sehr du leidest!“

„Ich leide nicht!“ rief Claudine, die allmählich ungeduldig wurde. „Wirklich nicht, Tante Mathilde. Und, bitte, mache kein so schreckliches Getöse! Das könnte ich nicht ertragen!“

Der Besuchstag versprach herrlich zu werden. Die Sonne strahlte vom tiefblauen Himmel. Keine einzige Wolke war zu sehen.

„Großartig“, sagte Doris begeistert. „Könnte gar nicht besser sein!“

Claudine knurrte vor sich hin. „Wenn ich daran denke, daß ich nun den ganzen Tag in dieser schrecklichen Sonne herumstehen muß!" sagte sie. „Sicher bekomme ich viele Sommersprossen. Wenn es doch nur regnete!"

„Spielverderber!" sagte Bobby grinsend. „Sogar an solch einem Tag würdest du am liebsten im Haus hocken. Komm, mach ein freundlicheres Gesicht und lächle ein bißchen – es ist ein himmlischer Tag!"

In der Bilderausstellung gab es bemerkenswerte Zeichnungen und Aquarelle. Die Zeichenlehrerin war sehr stolz auf ihre Schülerinnen.

„Die könnte man fast verkaufen!" meinte Claudine und deutete auf ein paar Blätter. „Verkaufen wir eigentlich unsere Sachen? Wieviel würde denn dieses hübsche Bild von dir einbringen, Hilda?"

Hilda lachte. „Du hast seltsame Ideen, Claudine", sagte sie. „Natürlich verkaufen wir so etwas nicht. Meinst du, das würden unsere Eltern zulassen? Nein, sie nehmen die Arbeiten mit nach Hause und zeigen sie all ihren Bekannten. Und die müssen sie natürlich gebührend bewundern!"

„Wetten, daß sich deine Mutter sehr freut, wenn du ihr diesen wunderschönen Kissenbezug zum Geburtstag schenkst?" sagte Hanni. Claudine lachte.

„Ich habe drei Schwestern, die sehr viel geschickter sind", sagte sie. „Meine Mutter würde den Bezug kurz ansehen und sagen: ‚Na, unsere Claudine macht Fortschritte. Nicht schlecht für den Anfang'."

„Mamsell ist anderer Ansicht", sagte Bobby grinsend. „Sie hält deine Kissen für die größte Leistung aller Zeiten. Eins muß man dir lassen, Claudine – eingebildet bist du nicht."

Claudine war eine seltsame Mischung von Offenheit und Flunkerei. Aber auch ihre Schwindeleien versteckte sie nicht. Wenn zum Beispiel Fräulein Ellis merkte, daß Claudine sie zu täuschen versuchte und sie zur Rechenschaft zog, dann gab Claudine ihre Absicht sofort und unumwunden zu. Es sah fast so aus, als sei ihr das Ganze nur ein Spiel. Sie versuchte ständig, die Lehrerinnen hereinzulegen und sich Vorteile zu verschaffen, aber sie tat es nicht hinterlistig, sondern in aller Offenheit und ohne die Spur eines schlechten Gewissens.

Hanni und Nanni durften an den Sportwettkämpfen teilnehmen. Zusammen sollten sie gegen zwei andere Schülerinnen ein Tennisspiel austragen. Sie freuten sich schon sehr darauf. Bettina machte beim Frühstück einen unglücklichen Eindruck.

„Was ist los mit dir, Bettina?“ fragte Hilda. „Du siehst so trübselig aus. Ärgerst du dich, weil du beim Sport nicht mitmachen darfst?“

„Natürlich nicht“, erwiderte Bettina. „Ich habe nur eine große Enttäuschung gehabt, das ist alles.“

„Was für eine Enttäuschung?“ erkundigte sich Hilda, und die anderen Mädchen kamen neugierig näher.

„Es ist wirklich eine dumme Sache“, erklärte Bettina. „Meine Mutter ist plötzlich krank geworden, und mein Vater möchte sie nicht allein lassen – deshalb können sie mich heute nicht besuchen. Und ich hatte mich doch so sehr auf sie gefreut.“

„Hast du ein Pech, Bettina!“ sagten die Zwillinge mitfühlend. Auch den anderen tat Bettina leid.

„Hoffentlich ist deine Mutter nicht ernsthaft krank“, sagte Ruth.

„Nein, so schlimm ist es nicht“, erwiderte Bettina. „Aber kommen kann sie natürlich nicht. Und ich wollte euch doch unbedingt meinen großen Vater und meine hübsche Mutter vorstellen.“

„Sei nicht mehr traurig“, tröstete Nanni. „Du kannst dich uns anschließen, wenn du möchtest. Dann fühlst du dich nicht so einsam.“

„Danke, ihr seid wirklich sehr nett“, sagte Bettina und sah gleich viel fröhlicher aus. Mit großer Begeisterung beteiligte sie sich an all den Vorbereitungen für den großen Tag.

Claudine naschte von den Erdbeeren

Mamsell hatte Claudines schöne Kissen an eine günstige Stelle gelegt. Sie schien immer noch von dem Wunsch beseelt, ihre Nichte über ihre angebliche Einsamkeit hinwegzutrösten. Claudine mühte sich sehr, ihrer Tante aus dem Weg zu gehen.

„Ihr spielt wohl Verstecken, Claudine?“ fragte Bobby. „Wenn du nicht bald mit Mamsell redest, wird sie noch zerplatzen. Sie möchte dir nämlich unbedingt mitteilen, wie wundervoll sie deine Kissen auf dem Tisch ausgelegt hat!“

Das Mittagessen war diesmal sehr einfach, denn die Köchinnen hatten alle Hände voll zu tun. Am Nachmittag sollte es Erdbeeren mit Schlagsahne geben, dazu Kuchen und Gebäck und belegte Brote. Die Mädchen schauten immer wieder in den großen Speisesaal, wo all die Köstlichkeiten aufgebaut wurden.

Claudine schlüpfte heimlich hinein und verspeiste eine Handvoll Erdbeeren.

„Du wirst Ärger bekommen, wenn dich jemand erwischt“, meinte Bobby.

„Probier sie nur mal", sagte Claudine und leckte sich die Lippen. „Du kannst dir gar nicht vorstellen, wie herrlich die Erdbeeren schmecken."

„Nein", sagte Bobby. „Wir betrachten es als unsere Ehrenpflicht, an einem solchen Tag nicht zu naschen. Ich würde nicht im Traum daran denken, gegen dieses ungeschriebene Gesetz zu verstoßen."

„Ihr mit eurem seltsamen Ehrgefühl", sagte Claudine. „Etwas Unbequemeres gibt es wohl nicht. Dauernd muß man sich überlegen, ob man eine Sache tun darf oder nicht."

„Du bist unerträglich, Claudine", sagte Angela und rümpfte die Nase. „Du machst immer genau das, was du willst. Es kümmert dich überhaupt nicht, ob du etwas Unrechtes tust. Ich bin sehr froh, daß ich mehr Ehre im Leib habe als du!"

Angelas Worte klangen sehr gehässig, aber Claudine lachte nur. Fast nie zeigte sie sich gekränkt, wenn jemand sie tadelte. „Meine liebe Angela", sagte sie, „was ist wohl schlimmer, ein paar Erdbeeren zu naschen oder absichtlich die Unwahrheit zu sagen? Ich finde es viel gemeiner, über eine Kameradin Lügen zu verbreiten, wie du es tust."

Die anderen lachten. Claudine hatte freundlich gesprochen, aber die Wahrheit hatte sie deutlich gesagt. Angela war natürlich böse und verärgert. Doch der Morgen des Besuchstags war nicht die rechte Zeit, sich zu streiten.

Nach dem hastigen Mittagessen warteten alle voll Ungeduld auf die Besucher.

„Sie kommen", schrie Elli plötzlich, als sie ein Auto anfahren hörte. „Die ersten sind da!"

Alle schauten neugierig aus dem Fenster; niemand kannte die Leute, die ausstiegen.

„Da kommen noch mehr", sagte Bobby.

„Das sind meine Eltern", rief Jenni. „Ich habe gehofft, daß sie früh kommen. Ach, ist meine Mutter braungebrannt!"

Mit glücklichem Gesicht rannte sie fort. Und dann kamen immer mehr Autos. Bald waren Wege und Plätze mit Menschen übersät, mit Vätern und Müttern, mit jüngeren und älteren Geschwistern, mit Tanten, Onkeln und anderen Verwandten. Irene sah dem geschäftigen Treiben vom Haus aus zu. Sie wünschte sich ihren großen Bruder herbei!

Mutter sollte ein wenig freundlicher lächeln, dachte sie, als ein paar Eltern auf die Hausmutter zutraten, um sich mit ihr zu unterhalten. Sie sieht so ernst und streng aus. Wie freundlich ist dagegen die Mutter der Zwillinge! Und wie lieb sie die Arme um die beiden legt! Das hat Mutter bei Eddy und mir nie getan!

Da rollte ein riesiger Wagen mit einem Chauffeur heran, ein wunderschöner neuer, schwarz mit hellen Ledersitzen. Genau vor der Eingangspforte hielt er an, der Chauffeur sprang heraus, und Angela stieß einen Freudenschrei aus.

„Das ist unser neues Auto! Schaut mal alle her, sieht es nicht prächtig aus? Und wie gefällt euch die Chauffeursuniform? Die paßt genau zu den Sitzen. Und das ganze Auto ist mit Wildleder ausgelegt, und an den Türen sind Monogramme."

„Ich habe mir die ganze Zeit eingebildet, du würdest vor lauter Freude über das Wiedersehen mit deinen Eltern euer neues Auto gar nicht bemerken", meinte Jenni. Angela gab keine Antwort. Sie war sehr zufrieden, daß fast die ganze Klasse in der Nähe stand, als der goße Wagen vorfuhr!

Der Chauffeur hielt den Schlag auf. Angelas Mutter stieg aus. Sie war wirklich eine Schönheit, sah sehr jung aus, glich Angela aufs Haar und war kostbar gekleidet.

Die Mädchen starrten sie an. Angelas Mutter schaute sich mit ihren strahlenden, blauen Augen um und schritt auf die Eingangspforte zu. Hinter ihr kam Angelas Vater, ein großer, sympathisch aussehender Mann mit ernstem Gesicht.

Angela rannte auf ihre Eltern zu und warf sich in die Arme ihrer Mutter, wie sie es bei den anderen gesehen hatte.

Sie übertrieb absichtlich, denn sie wußte, daß sie von den Kameradinnen beobachtet wurde.

„Angela, Schätzchen! Vorsichtig, du zerdrückst mein Kleid!“ sagte ihre Mutter. „Jetzt laß dich mal anschauen!“

Der Vater umarmte Angela herzlich und hielt sie dann ein Stückchen von sich weg, damit er sie besser betrachten konnte.

„Sie sieht wirklich sehr gut aus“, sagte er.

„Aber diese einfachen Kleider, die sie hier tragen müssen, passen überhaupt nicht zu Angela“, sagte die Mutter. „Und die plumpen Schuhe mit den flachen Absätzen kann ich nicht ausstehen!“

„Ich finde, daß Angela nett aussieht“, meinte der Vater. „Sie soll ja schließlich keine Modepuppe werden.“

„Wenn man ihnen doch ein bißchen Luxus gönnen würde“, quengelte die Mutter weiter. „Das war einer der Gründe, warum ich sie nicht herschicken wollte – sie bekommen gar keine Anleitung, sich schön zu machen!“

Angelas wundervolle Mutter

Die nörgelnde Stimme von Angelas Mutter konnte man an diesem Nachmittag noch oft vernehmen. Sie beschwerte sich über alles mögliche. Die Gartenwege waren ihr zu steinig, die Bank am Tennisplatz zu hart, der Tee zu dünn.

„Was für ein schrecklicher Tee! Man sollte zumindest chinesischen Tee bereiten. Du weißt doch, Angela, daß ich indischen Tee nicht trinke.“

Als sie in den Kuchen biß, rümpfte sie die Nase. „Schrecklich trocken“, sagte sie. „Ich bringe ihn kaum hinunter.“

„Dann laß es bleiben“, sagte Angelas Vater. Und zu Angelas Entsetzen ließ ihre Mutter einfach den Kuchen zu

Boden fallen. Die scharfen Augen der anderen Mädchen bemerkten natürlich alle diese Dinge, und Angela fühlte sich plötzlich gar nicht wohl in ihrer Haut.

„Ist meine Mutter nicht hübsch?" flüsterte sie Elli zu. „Findest du ihre Perlen nicht fabelhaft? Hat sie nicht wunderschönes Haar?"

Elli stimmte zu. Im geheimen dachte sie aber, daß sich Angelas Mutter benahm wie ein verwöhntes, ungezogenes Kind. Sie murrte und nörgelte immer weiter. Sie fand kein Wort des Lobes für die Bilder der Kunstausstellung, sie zeigte keinerlei Interesse an den Keramikarbeiten. Auch auf die Handarbeiten wollte sie kaum einen Blick verwenden. Doch da hatte sie nicht mit Mamsell gerechnet! Die stand wie ein Drachen neben Claudines Kissen, grimmig entschlossen, viel Lob für die Nichte zu erkämpfen.

„Ah, das ist also deine Mutter, Angela?" sagte Mamsell liebenswürdig. „Wir wollen ihr die Arbeiten der kleinen Claudine zeigen. Sind diese Kissen nicht wunderschön? Sehen Sie diese feinen Stiche! Betrachten Sie die geschmackvollen Farben, wie gut sie aufeinander abgestimmt sind!"

Angelas Mutter wollte vorbeigehen, ohne ein Wort zu sagen. Aber das ließ Mamsell nicht zu. Sie ergriff die schöne Besucherin am Arm und zwang sie dazu, sich über Claudines Handarbeit zu beugen.

„Sie haben diesen Kissenbezug noch gar nicht gesehen. Er ist ein Kunstwerk, das schönste Stück der ganzen Ausstellung!" sagte sie aufgeregt.

„Sehr nett", erwiderte Angelas Mutter in einem Ton, der genausogut „Sehr scheußlich!" bedeuten konnte. Sie schüttelte Mamsells Hand ab, strich sich über ihren Ärmel, als müsse sie ein wenig Schmutz entfernen, und wandte sich ungeduldig ab.

„Wer ist denn diese gräßliche alte Frau?" fragte sie laut. „Hast du etwa bei ihr Unterricht, Schätzchen? Wie kann man nur so schlampig aussehen!"

Alle Schülerinnen liebten Mamsell. Sie ärgerten sich über die häßliche Bemerkung. Bobby war fest überzeugt, daß Mamsell selber sie auch gehört hatte. Mamsell stand bewegungslos an ihrem Platz und schaute Angela und ihren Eltern verständnislos nach.

„Jetzt weiß ich auch, woher Angela ihre Bosheit hat!" sagte Bobby leise zu Hanni. „Ich würde mich schrecklich schämen, wenn meine Mutter sich so benähme! Arme Mamsell! Es war gemein, sie so zu kränken."

Claudine hatte auch gehört, was Angelas Mutter über Mamsell sagte, und auch sie war verletzt und ärgerlich. Ihr gefiel es zwar nicht, daß die Tante so aufdringlich für ihre Kissen Reklame machte, aber sie wußte, daß sie es nur ihr zuliebe tat. Und plötzlich fühlte sie eine herzliche Zuneigung zu ihrer Tante.

Claudine schaute zu Angelas schöner Mutter hinüber. Sie bemerkte deren unzufriedenes Gesicht und die herabgezogenen Mundwinkel. Claudine verspürte plötzlich den Wunsch, Angelas Mutter für die häßliche Bemerkung zu strafen.

Angela führte ihre Eltern zum Schwimmbecken. Lindenhof war stolz auf sein Sommerbad, denn es lag inmitten von prächtigen, alten Bäumen. Aber selbst hier hatte die Mutter etwas auszusetzen. „Ich hoffe doch, daß jeden Tag das Wasser gewechselt wird?" fragte sie und schaute hochmütig auf das klare, blaugrüne Wasser.

„Nein, Mutter, zweimal in der Woche, manchmal auch dreimal", erwiderte Angela. Ihre Mutter stieß einen kleinen, entsetzten Schrei aus.

„Um Himmels willen! Noch nicht einmal das Wasser wechseln sie jeden Tag! Was ist das nur für eine Schule! Ich muß mich wirklich beschweren, Angela, du badest hier natürlich nur, wenn das Wasser frisch eingelassen ist! Das mußt du mir versprechen."

„Aber Mutter", begann Angela, der die Quengeleien allmählich unangenehm und peinlich wurden. „Ich kann mich nicht einfach ausschließen – und das Wasser ist wirklich ganz sauber, auch wenn es zwei oder drei Tage alt ist."

„Ich werde mich trotzdem beschweren", sagte ihre Mutter. „Ich habe mich nie mit dem Gedanken anfreunden können, dich hierher zu schicken. Es ist einfach eine zweitrangige Schule. Ich wollte dich ja ins Hochturm-Internat bringen. Ich begreife nicht, warum dich dein Vater unbedingt in Lindenhof anmelden mußte."

„Dagmar, sprich nicht so laut", sagte Angelas Vater. „Den Leuten macht es keinen Spaß, dir zuzuhören. Ganz offensichtlich sind die anderen Eltern der gleichen Ansicht wie ich, daß nämlich Lindenhof eine großartige Schule ist!"

„Ach, du", sagte Angelas Mutter verächtlich. Sie schob schmollend die Unterlippe vor und sah genauso beleidigt aus wie Angela, wenn sie einen Verweis einstecken mußte.

Nein – Angelas Mutter war kein Erfolg! Sie war schön und äußerst elegant; aber sie hatte weder den Liebreiz von Hannis und Nannis Mutter noch die natürliche Fröhlichkeit von Bobbys oder das gewinnende Wesen von Carlas Mutter.

„Bin ich froh, daß meine Mutter anders ist als Angelas", sagte Jenni zu Elli. „Ist das nicht furchtbar?"

Obwohl Elli eigentlich zu ihrer Freundin Angela halten wollte, konnte sie nicht anders, als mit dem Kopf nicken. Selbst dieses oberflächliche Mädchen fühlte, daß ein Mensch mit Herzensbildung sich nicht so benahm. Sie war gar nicht mehr versessen darauf, Angelas Mutter vorgestellt zu werden. Doch nach einer Weile holte Angela sie zu ihren Eltern. Ihre Mutter musterte das hübsche, zartgliedrige Mädchen und nickte. Elli gefiel ihr.

„Das ist also Elli", sagte sie. „Ich muß schon sagen, du schaust viel netter aus als die meisten anderen Mädchen. Zwei oder drei, die mir Angela vorgestellt hatte, waren richtige Scheusale."

„Elli, wo ist denn deine Mutter?“ fragte Angela. „Wir müssen sie mit meiner bekannt machen. Mutter möchte sie nämlich fragen, ob du während der Sommerferien ein paar Wochen zu uns kommen darfst.“

Aber zu Ellis Erleichterung wurde diese Einladung abgelehnt. „Es ist sehr freundlich von Ihnen“, sagte Ellis Mutter, „aber ich habe schon bestimmte Pläne für meine Tochter.“ Sie erklärte nicht, was das für Pläne waren. Sie verriet auch nicht, daß sie Angelas Mutter beobachtet hatte. Dies war genau die Art Mensch, bei dem ihre Elli nicht einen einzigen Tag verbringen durfte. Elli ahnte, was ihre Mutter dachte, und sie gab ihr recht.

„Es klingelt!“ rief Angela. „Jetzt kommen die Schwimmwettkämpfe. Komm, Mami.“

Die Eltern nahmen am Rand des Beckens Platz. Alle Schülerinnen, die bei den Wettkämpfen nicht mitmachten, saßen auf der großen Holztribüne.

„Ist das nicht ein prächtiger Nachmittag?“ rief Jenni fröhlich. „Ich bin glücklich, daß wir so herrliches Wetter haben. Bei diesem strahlenden Sonnenschein wirkt Lindenhof besonders schön.“

„Alle unsere Eltern scheinen sich glänzend zu unterhalten“, sagte Bobby. „Mit einer Ausnahme allerdings!“

Jeder verstand, wen sie meinte. Angela hörte Bobbys Worte und errötete. Ihr wäre es lieber gewesen, wenn ihre Mutter auch nette Bemerkungen gemacht hätte wie die anderen Eltern. Doch ihrer Mutter konnte man es eigentlich nie recht machen.

Claudine, Elli, Angela und noch ein paar Mädchen der Klasse saßen in der ersten Reihe. Claudine lehnte sich weit über das Geländer, weniger um die Schwimmerinnen zu beobachten, als um die Gesichter der Eltern zu mustern.

„Sei vorsichtig, Claudine, du fällst noch ins Wasser“, sagte Elli und versuchte, sie zurückzuziehen.

„Ich falle schon nicht“, meinte Claudine. „Ich betrachte

nur diese unzufriedene Person da unten, die so schrille und unverschämte Bemerkungen macht."

„Pst", machte Elli. „Angela hört dich!"

„Das kümmert mich nicht", sagte Claudine. „Angela kann doch wohl kaum erwarten, daß wir eine Mutter nett finden, die zwar äußerlich schön ist, aber einen so häßlichen Charakter hat!"

„Sei ruhig", beschwichtigte Elli ihre Kameradin. „Es tut mir leid, daß Angelas Mutter diese Sachen über deine Tante gesagt hat. Sicher hat das die arme Mamsell sehr gekränkt."

Die Vorführungen begannen. Angelas Mutter machte ein empörtes Gesicht, als Wasser auf ihr Kleid spritzte.

Es war eine aufregende Stunde für die Besucher und die Schülerinnen. Die Schwimmerinnen zeigten gute Leistungen, und die Kunstspringerinnen überraschten mit ausgezeichneten Übungen.

Aber das erstaunlichste Ereignis des ganzen Nachmittags war eine unerwartete, unvorbereitete und höchst dramatische Vorstellung, die Claudine zum besten gab. Sie lehnte sich nämlich zu weit über das Holzgeländer, stieß plötzlich einen markerschütternden Schrei aus – und dann stürzte sie zum Entsetzen der Zuschauer hinunter ins Wasser.

Eine vergnügte Zeit

Mit einem mächtigen Platsch landete Claudine im Becken. Das Wasser spritzte hoch, ergoß sich über Angelas Mutter und durchweichte sie von Kopf bis Fuß.

„Um Himmels willen!" rief Fräulein Theobald, die Direktorin der Schule, die für einen Moment ihre gelassene Würde verlor. „Wer ist ins Wasser gefallen? Holt sie schnell heraus!"

Triefend kam Claudine aus dem Wasser heraus

Claudine konnte nicht schwimmen. Sie versank sofort, kam aber nach kurzer Zeit keuchend wieder an die Oberfläche. Bobby und Marianne, die sich gerade im Wasser aufhielten, schwammen sofort auf sie zu. Sie bekamen sie zu fassen und halfen ihr zum Beckenrand.

„Claudine! Was ist denn passiert?“ fragte Bobby. „Du bist wirklich ein Dummkopf.“

Claudine rang nach Luft und versuchte das Wasser auszuspucken, das ihr in die Kehle geraten war. Mit einem schnellen Seitenblick musterte sie Angelas Mutter und bemerkte mit Vergnügen, daß sie völlig durchnäßt war. Fräulein Theobald stand neben ihr, entschuldigte sich und bat sie, mit ins Haus zu kommen und sich umzuziehen.

Wütend folgte Angelas Mutter der Direktorin ins Haus. Das Kleid klebte ihr auf der Haut, und von ihrem Hut tropfte das Wasser. Angela sah recht bedrückt aus.

„Claudine, du mußt auch ins Haus gehen und dir trockene

Sachen anziehen", sagte Fräulein Ellis zu dem klatschnassen Mädchen. „Beeil dich, sonst erkältest du dich noch!"

Mit Riesenschritten hastete Mamsell auf ihre Nichte zu, Entsetzen und Besorgnis auf dem Gesicht. Die kleine Französin floh schleunigst in Richtung Schule.

„Warte, Claudine, warte", rief die Hausmutter. Sie war ärgerlich, daß sie wegen dieses Mädchens nicht weiter zuschauen konnte. Aber Claudine wartete nicht. Lieber die Hausmutter erzürnen als Mamsell in die Hände fallen!

„Es paßt genau zu Claudine, solch einen Wirbel zu veranstalten", sagte Hanni zu Nanni. „Weißt du, Nanni, ich freue mich richtig, daß ausgerechnet Angelas schreckliche Mutter so durchnäßt wurde."

„Ob Claudine es mit Absicht gemacht hat?" fragte Nanni nachdenklich. „Sie tut ja die unmöglichsten Dinge, wenn sie sich etwas in den Kopf gesetzt hat. Ich wette, daß sie Angelas Mutter bestrafen wollte, weil sie so häßlich zu Mamsell war."

„Aber Claudine verabscheut das Wasser", sagte Hanni. „Um nichts in der Welt geht sie mit uns schwimmen. Und es gehört schon eine gehörige Portion Mut dazu, sich von der Tribüne ins Becken fallen zu lassen, zumal wenn man nicht schwimmen kann!"

Claudine kehrte bald in trockenen Kleidern zurück und sah brav und unschuldig aus. Alle Mädchen wußten: Sobald Claudine dieses brave Gesicht aufsetzte, führte sie etwas im Schild oder hatte gerade einen Streich hinter sich.

Nach einer Weile kehrte auch Angelas Mutter zurück – in Fräulein Theobalds Sachen! Die Direktorin hatte ungefähr die gleiche Größe wie Angelas Mutter, sie war nur ein wenig dünner. Obwohl sie immer recht nett aussah, waren ihre Sachen einfach und von unauffälliger Eleganz.

Natürlich paßten diese Kleider überhaupt nicht zu Angelas Mutter, und das empfand sie auch. Deshalb war sie wütend. Es war schlimm genug, daß sie von irgendeinem dummen, unachtsamen Mädchen mit Wasser bespritzt wurde, aber solche scheußlichen Sachen tragen zu müssen, war noch viel gräßlicher.

Andererseits konnte sie sich bei der Direktorin nicht beschweren. Fräulein Theobald war so würdig, daß Angelas Mutter keine boshaften Bemerkungen wagte.

Der Rest des Tages verging sehr rasch. Die Sportwettkämpfe waren abgeschlossen, der Abend brach an. Die Eltern verließen Lindenhof gemeinsam mit ihren Töchtern, um essen zu gehen und sich zu unterhalten.

Bettina begleitete Frau Sullivan und die Zwillinge. Hanni und Nanni hatten ihrer Mutter erzählt, wie enttäuscht Bettina war, weil ihre Eltern nicht kommen konnten. Frau Sullivan hatte das Mädchen sofort eingeladen.

Auch Ellis Mutter erkundigte sich, ob ihre Tochter eine Freundin mitnehmen wollte. „Hoffentlich verlangst du nicht, daß wir uns mit Angela und ihren Angehörigen zusammensetzen", meinte sie. „Dann möchten wir lieber mit dir allein ausgehen."

Elli verstand, daß ihre Mutter mit Angelas Mutter nicht näher bekanntwerden wollte. Wenn wir jemand anders einladen, dachte Elli, dann wäre es leicht, Angelas Einladung abzulehnen. Elli überlegte, wen sie wohl mitnehmen könnte.

Aufmerksam sah sie sich um. Die meisten Mädchen standen mit ihren Eltern vor der Eingangspforte und schwatzten eifrig, oder sie stiegen schon in die Autos. Irene stand allein und ein wenig abseits. Mit sehnsüchtigen Augen sah sie den entschwindenden Autos nach. Das Mädchen machte einen so verlassenen Eindruck, daß Elli Mitleid bekam.

„Ich werde Irene einladen, Mutter", sagte Elli. „Ich mag sie zwar nicht sehr – und ihre Mutter auch nicht, aber Irene würde sich sicher freuen, wenn sie mit uns kommen dürfte. Und, Mutter, darf ich noch jemand dazu einladen?"

„Wen denn?" fragte ihre Mutter erstaunt.

„Claudine“, erwiderte Elli. „Weißt du, das ist die kleine Französin, die ins Wasser fiel. Ihre Eltern konnten wegen des einen Tages keine so weite Reise machen, und sie hat nur ihre Tante hier, unsere Mamsell. Ich weiß, daß sie schrecklich gern mit uns zu Abend essen würde. Sie geht so gern aus.“

„Schon recht, Liebes. Lade beide ein!“ sagte Ellis Mutter erfreut. Ihr war alles recht. Sie wollte nur nicht mit der verzogenen Angela und ihrer verwöhnten Mutter zusammensein. Elli rannte zu Irene hinüber. „Irene, frag deine Mutter, ob du mit uns zu Abend essen darfst. Beeil dich!“

„Oh“, sagte Irene, und ihre Augen glänzten plötzlich. „Elli, das ist doch nicht dein Ernst? Du bist wirklich anständig!“

Hastig lief sie davon, um ihre Mutter zu fragen. Und Elli suchte Claudine. „Claudine, willst du mit meinen Eltern und mir kommen? Irene habe ich auch eingeladen.“

„Vielen herzlichen Dank“, sagte Claudine und lächelte erfreut. „Das ist sehr nett von dir und auch von deiner Mutter. Ich will nur noch schnell meiner Tante Bescheid sagen.“

Mamsell strahlte vor Vergnügen. Sie mochte Elli sehr gern, wenn sie auch gelegentlich über ihr Französisch in Verzweiflung geriet. „Geh nur, meine kleine Claudine“, sagte Mamsell. „Nach diesem entsetzlichen Schreck am Nachmittag brauchst du eine kleine Aufmunterung. Wenn man bedenkt, wie unglücklich du ins Wasser gefallen bist. Beinahe wärst du ertrunken . . .“

„Ich wäre schon nicht ertrunken“, meinte Claudine, und ein schelmischer Ausdruck erschien auf ihrem Gesicht. „Ich wußte ja, daß Bobby und Marianne im Wasser waren – und habe ich nicht eine großartige Vorstellung gegeben? Habe ich nicht diese abscheuliche Frau von Kopf bis Fuß naßgespritzt? Ich hätte mir nie träumen lassen, daß ich sie so gut erwische!“

Mamsell blieb vor Erstaunen der Mund offen. Sie starrte Claudine an, als könne sie ihren Ohren nicht trauen.

„Claudine! Claudine! Was willst du nur damit sagen? Du bist doch nicht – du bist doch nicht absichtlich ins Schwimmbecken gefallen?"

Claudine antwortete mit gesenkten Augen: „Absichtlich? ... Aber, Tante Mathilde! Doch war es nicht schön, daß es gerade neben Angelas Mutter passierte? Wirklich, das reinste Wunder!"

Mit einem leisen Kichern rannte Claudine fort, um sich für die Ausfahrt fertigzumachen. Mamsell starrte ihr lange nach. Diese Claudine, sie war wirklich ein unmögliches Kind – und doch, was für ein liebes, tapferes Mädchen! Sich in dieses tiefe Wasser zu stürzen, nur um eine unfreundliche Frau zu bestrafen, die ihre Tante gekränkt hatte! Nachdenklich setzte sich Mamsell auf eine Gartenbank.

In der Zwischenzeit waren alle Eltern und Schülerinnen weggefahren. Angela war in dem prächtigen Auto davongerollt – aber gar nicht übermütig und selbstsicher. Sie schaute durch das Wagenfenster und sah die glücklichen Gesichter der Zwillinge, und Bettina daneben. Fröhlich plaudernd spazierten sie nebeneinander her.

Dann entdeckte sie ihre Freundin Elli – und zu ihrer Überraschung Irene und Claudine dabei. Das war wenig nett von Elli! Warum hatte sie nicht Angela und ihre Eltern eingeladen? Und daß sie ausgerechnet diese hinterlistige Irene und diese freche Claudine vorgezogen hatte!

In der Nähe von Lindenhof lagen zwei, drei größere Orte, dahin fuhren die Eltern mit ihren Töchtern. Zu Irenes Freude wählte Ellis Mutter den Ort, in dem Eddy lebte.

„Oh", sagte Irene, als der Wagen in die Stadt einfuhr. „Hier wohnt ja mein Bruder. Vielleicht könnte ich ihn kurz besuchen?"

„Sollen wir ihn einladen, mit uns zu Abend zu essen?" fragte Ellis Mutter.

Irene schüttelte den Kopf. „Ach nein, danke. Es ist sehr lieb von Ihnen, daß Sie *mich* eingeladen haben. Aber wenn es Ihnen nichts ausmacht, würde ich gern ein Weilchen zu ihm gehen. Er wohnt gar nicht weit von hier."

„Tu, was du möchtest", sagte Ellis Mutter freundlich. Kurz danach schlüpfte Irene aus dem Restaurant.

Claudine gefiel Ellis Eltern recht gut. Die kleine Französin war eine lebhafte und heitere Gesellschafterin. Daß es ihr Spaß machte auszugehen, war deutlich zu erkennen.

„Elli, ich wäre so froh, wenn dieses französische Mädchen deine Freundin wäre und nicht Angela", sagte Ellis Mutter, als sie einen Augenblick mit ihrer Tochter allein war. „Sie ist wirklich nett. Magst du sie denn nicht?"

„Doch, Mutter", erwiderte Elli. „Aber sie ist ganz anders als wir. Sie hat oft so merkwürdige Anschauungen, weißt du, und außerdem tut sie manchmal Dinge, die wir nie tun würden. Aber sonst haben wir sie sehr gern, sie ist lustig und gutherzig."

„Da kommt Irene wieder zurück", sagte Ellis Mutter.

Irene strahlte, als sie an den Tisch trat. Eddy hatte sich sehr gefreut, sie zu sehen. Was für einen schönen Tag verdankte sie Elli und ihren Eltern!

Jenni und die Stinkbomben

Nach den Aufregungen des Besuchstags kam allen der Alltag langweilig vor. Die Unterrichtsstunden zogen sich endlos hin, das Wetter war zu heiß.

„Jenni! Bobby! Könnt ihr euch nicht etwas ausdenken, um uns ein wenig aufzumuntern?" fragte Hanni gähnend.

„Wenn nicht bald etwas geschieht, werde ich vor Langeweile noch umkommen."

Jenni grinste. „Mein Bruder hat mir eine tolle Sache geschickt", sagte sie. „Aber ich weiß nicht, ob wir sie benutzen sollen."

„Sei kein Spielverderber", meinte Doris. „Wir müssen einfach ein bißchen Unterhaltung haben – auch wenn wir schon in der fünften Klasse sind. Was ist es denn?"

„Nun, es gibt einen scheußlichen Geruch – richtiger: einen scheußlichen Gestank", sagte Jenni. „Wartet einen Augenblick – ich zeige es euch."

Jenni rannte in den Schlafsaal hinauf, stöberte in ihrer Schublade und kam sehr schnell mit einer kleinen Schachtel zurück.

Die anderen drängten sich um sie. Die Schachtel war mit kleinen runden Glaskugeln gefüllt, in denen sich eine klare Flüssigkeit befand.

„Was sind das für seltsame Dinger?" sagte Hanni erstaunt. „Die habe ich noch nicht gesehen."

„Das sind sogenannte Stinkbomben", erklärte Jenni. „Wenn man eines dieser Kügelchen zerdrückt, läuft die Flüssigkeit heraus. Sie trocknet zwar sofort – aber sie hinterläßt den abscheulichsten Gestank, den ihr euch nur vorstellen könnt."

„Was für einen Gestank?" fragte Doris interessiert. „Wie verstopfte Abflußröhren oder so etwas Ähnliches?"

„Nun – eher wie sehr faule Eier", ewiderte Jenni. „Mein Bruder – er ist ein furchtbarer Kerl, müßt ihr wissen – hat so ein Kügelchen im Wohnzimmer zerdrückt, als wir gerade ein feierliches Familientreffen hatten – in weniger als einer Minute waren alle aus dem Raum verschwunden."

Bobby kicherte. „Wir sollten Mamsell damit beglücken", meinte sie. „Ihre Stunden werden immer langweiliger. Wir tun nichts anderes mehr, als dieses öde Theaterstück übersetzen. Mamsell scheint einen Narren daran gefressen zu haben. Deine Stinkbomben beschert uns ein gutes Geschick. Willst du das Kügelchen zerdrücken, Jenni, oder soll ich es tun?"

„Du nimmst eins, und ich nehme eins", bestimmte Jenni. „Wenn meins nicht funktioniert – mein Bruder sagt, daß das manchmal passiert –, dann kannst du deins benutzen. Verstanden?"

Die ganze Klasse war begeistert. Nur Irene wußte nichts von dem Plan. Die Mädchen hatten Angst, sie einzuweihen. Sie wollten nicht riskieren, daß Irene zu ihrer Mutter rannte und ihnen den Spaß verdarb. Natürlich fiel es Irene auf, daß die anderen Mädchen immer schwiegen, sobald sie in die Nähe kam. Sie war überzeugt, daß man über sie redete.

Wenn sie häßlich zu mir sind, werde ich es Mutter sagen! Dann können sie sich an den nächsten Nachmittagen mit aufgerissenen Säumen und Reißverschlüssen amüsieren, dachte sie grollend.

Am folgenden Morgen betraten Bobby und Jenni das Klassenzimmer mit kleinen Stinkbomben in ihren Taschen. Die Französischstunde lag vor der großen Pause.

„Das paßt gut", sagte Jenni, „denn der Geruch hält lange an. Während der großen Pause können wir alle Fenster aufmachen. Dann wird Fräulein Ellis in der Mathematikstunde nichts mehr merken."

Als Mamsell ins Klassenzimmer kam, standen die Mädchen auf und lächelten ihr zu. Mamsell lächelte zurück.

„Setzt euch! Heute wollen wir wieder unser Theaterstück lesen! Zuerst verteile ich die Rollen. Du, Jenni, spielst die alte Dienerin; du, Elli . . ."

Die Mädchen öffneten ihre Bücher. Sie versuchten, das Grinsen zu unterdrücken. Ein Streich, der von Bobby oder Jenni ausgeheckt wurde, versprach großen Spaß, sehr großen Spaß sogar! Die Mädchen erinnerten sich an manchen Streich, den die beiden schon ausgeführt hatten. Heute wurde die Französischstunde sicher nicht langweilig!

„Jenni, fang bitte an!“ sagte Mamsell freundlich. Sie mochte die fünfte Klasse gern. Die Mädchen waren brav und fleißig. Außerdem gehörte ihre liebe Claudine zu ihnen. Sie hatte jetzt das Gesicht im Buch vergraben – was für ein gutes Kind sie doch war!

Jenni begann zu lesen. Während sie mit der einen Hand das Buch hielt, ließ sie die andere in die Rocktasche gleiten. Das Mädchen hinter ihr beobachtete die Bewegung und versuchte, ein Kichern zu verbeißen. Das war immer das schlimmste, wenn man einen Streich plante: Man mußte zu früh lachen! Doris stieß plötzlich einen lauten Schnaufer aus, und Mamsell schaute überrascht zu ihr hin.

Doris bemühte sich, zu husten und ernst zu bleiben. Nun kicherte Marianne. Mamsell blickte sie fragend an. „Findest du es lustig, daß die arme Doris eine Erkältung hat?“ erkundigte sie sich.

Diese Frage reizte Marianne noch mehr zum Lachen, und auch die anderen wurden angesteckt. Jenni drehte sich herum und runzelte die Stirn. Sie wollte nicht, daß Mamsell Verdacht schöpfte. Die anderen bemerkten den warnenden Blick und nahmen sich zusammen. Sie wollten sich ja nicht selbst den Spaß verderben.

Die Stunde ging weiter. Nach einem Weilchen nahm Jenni die kleine Stinkbombe aus der Tasche. Hinter dem Rücken der vorderen Kameradin zerdrückte sie die Glaskugel vorsichtig. Die Flüssigkeit rann heraus und verflog an der Luft sofort. Hastig fegte Jenni die winzigen Glassplitter von der Bank. Ein paar Augenblicke später breitete sich ein seltsamer Geruch im Raum aus. Doris mußte husten. Elli schnüffelte laut vor sich hin. Es war ein scheußlicher Gestank, darüber bestand kein Zweifel. Man dachte sofort an faule Eier, an verstopfte Abflußröhren, an tote Ratten, an verrottetes Aas . . . und ähnliche widerliche Dinge.

Mamsell roch zuerst gar nichts. Sie war nur erstaunt über das plötzliche Husten und Schnauben. Durch ihre dicke

Brille musterte sie die Klasse. Alle Gesichter trugen einen Ausdruck des Abscheus, doch es wurde auch unterdrückt gekichert.

„Was ist los?“ fragte Mamsell argwöhnisch. „Warum macht ihr so seltsame Gesichter? Elli, hör auf, deine Nase zuzuhalten! Jenni, vor was ekelst du dich eigentlich?“

„Mamsell, riechen Sie es nicht?“ fragte Jenni mit wahrer Leidensmiene.

„Was soll ich riechen?“ sagte Mamsell ungeduldig, denn der Geruch hatte sie immer noch nicht erreicht.

„Den Gestank!“ riefen mehrere Mädchen gleichzeitig.

Die Lehrerin sah verwirrt und ärgerlich aus. Sie holte ein paarmal tief Luft und schüttelte den Kopf.

„Ich rieche nichts“, sagte sie. „Ihr wollt mich wohl hereinlegen? Jenni, hör auf mit diesem dummen Geschnüffel. Claudine, mach kein Gesicht, als ob du im nächsten Moment in Ohnmacht fallen würdest!“

„Aber Tante Mathilde, riechst du denn nichts? C'est abominable!“ schrie Claudine, die schlechte Gerüche verabscheute.

„Claudine! Du auch?“ rief Mamsell, zu der noch nicht die Spur eines Geruchs gekommen war. „Jetzt hört mal genau zu, mes enfants: Noch ein Wort, und ich hole Fräulein Theobald. Ihr seid sehr böse!“

Das war eine unangenehme Drohung! Fräulein Theobald würde sicher sofort den üblen Geruch bemerken und sich ihre Gedanken machen. Sie war nicht so leicht hereinzulegen! Entsetzt schauten die Mädchen einander an. Sie hielten sich die Taschentücher vor den Mund und versuchten, die verdorbene Luft nicht einzuatmen.

Mamsell begann laut vorzulesen. Nach ein paar Zeilen hielt sie inne. Wie seltsam! Sie hatte das Gefühl, als ob sie auch etwas röche. Vorsichtig holte sie Luft. War da nun etwas oder nicht? Ach, Unsinn! Mamsell schnüffelte noch einmal und las weiter.

Der schlechte Geruch verdichtete sich. Mamsell merkte ihn jetzt ganz deutlich. Sie hörte wieder auf zu lesen und holte röchelnd Luft. Es gab keinen Zweifel mehr – etwas Abscheuliches erfüllte das Zimmer. Die armen, armen Mädchen! Sie litten schon die ganze Zeit darunter, und sie, Mamsell, hatte ihnen nicht geglaubt.

Mamsell atmete schwer, denn die Luft benahm ihr den Atem. Sie griff sich ihr Taschentuch und drückte es vor den Mund.

„Mädchen", sagte sie mit halberstickter Stimme, „ihr habt recht gehabt. In diesem Raum ist ein schrecklicher Gestank. Was kann das nur sein?"

„Vielleicht eine tote Ratte?" meinte Doris.

Mamsell stieß einen kleinen Schrei aus. Ratten, gleichgültig ob tot oder lebendig, jagten ihr kalte Schauer über den Rücken.

„Vielleicht ein verstopftes Abflußrohr?" sagte Hanni mit versagender Stimme. „Ich will gleich mal nachschauen!"

Sie ging zum offenen Fenster und lehnte sich hinaus. Ein paar Mädchen stellten sich neben sie. Eine gute Gelegenheit, dem Gestank zu entfliehen!

„Vielleicht geht er von selber wieder weg", meinte Mamsell hoffnungsvoll. „Mach die Tür auf, Jenni, damit dieser scheußliche Geruch abziehen kann!"

Dankbar öffnete Jenni die Tür. Dieser Scherz war wirklich erfolgreich – aber er hatte auch seine Nachteile!

Der hereinkommende Luftzug überflutete Mamsell mit einer Gestankwelle. Sie hielt sich die Nase zu und keuchte: „Tiens! Das ist ja furchtbar. Wir werden noch alle krank werden. Nehmt schnell eure Bücher und dann hinaus! Wir beenden den Unterricht im Garten."

Alle Mädchen waren erfreut. Nur Claudine gefiel diese Aussicht gar nicht. Sie konnte sich nicht entscheiden, was schlimmer war – der Gestank im Klassenzimmer oder die Insekten im Freien.

Bald saßen alle in einem netten schattigen Teil des Gartens. Sooft sie an den schrecklichen Geruch dachten, mußten sie lachen. Der Unterricht war mit einem Mal nicht mehr langweilig.

Mamsell meldete den Vorfall bei der Direktorin.

Fräulein Theobald war überrascht. In ihrer langjährigen Schulerfahrung hatte sie noch nie einen Geruch erlebt, der eine Klasse aus ihrem Zimmer vertrieben hatte.

„Ich muß das selber untersuchen", sagte sie zu Mamsell. „Wenn es eine tote Ratte ist oder wenn es sich um verstopfte Abflußröhren handelt, dann will ich die Angelegenheit heute nachmittag prüfen lassen. Das Klassenzimmer muß dann ja immer noch verpestet sein."

Aber zu Mamsells riesigem und zu Fräulein Theobalds mildem Erstaunen war nicht die Spur eines Geruchs zu spüren. Sie durchschnüffelten den ganzen Raum, doch überall roch es frisch und sauber.

„Das ist seltsam", sagte Fräulein Theobald und blickte Mamsell an. „Sie sind ganz sicher, Mamsell, daß in diesem Raum ein starker Geruch war, ein wirklich schlechter Geruch?"

Mamsell war entrüstet. Zweifelte die Direktorin an ihrem Wort? Sofort begann sie, alles ein zweites Mal zu beschreiben, diesmal nur noch schlimmer. Fräulein Theobald lächelte im geheimen. Sie kannte Mamsells Übertreibungen.

„Nun", sagte sie, „ich werde heute noch nichts unternehmen. Wenn Sie jedoch wieder etwas riechen, Mamsell, melden Sie es mir bitte sofort, die Sache interessiert mich nämlich!"

„Ja, Fräulein Theobald", sagte Mamsell und ging nachdenklich ins Lehrerzimmer. Dort erzählte sie ihren Kolleginnen, was sie aus dem Klassenzimmer in den Garten getrieben hatte, und alle hörten verwundert zu.

Nur Fräulein Roberts fiel etwas auf. Sie hatte Erfahrung

mit Jennis Scherzen und fragte sich, ob dieser schreckliche Gestank wohl dazu gehörte.

„Mamsell", sagte sie. „Jenni ist doch in dieser Klasse, nicht wahr?"

„Ja", erwiderte Mamsell. „Aber was hat das mit dem Gestank zu tun?"

„Vielleicht nichts", meinte Fräulein Roberts. „Aber an Ihrer Stelle würde ich augenblicklich zu Fräulein Theobald gehen, wenn Sie wieder etwas riechen. Ich habe so das Gefühl, als ob die Direktorin die Ursache herausfinden könnte, ohne Dielenbretter abheben oder Abflußröhren untersuchen zu lassen."

„Natürlich werde ich das tun", sagte Masell würdevoll.

Fräulein Ellis spielt den Mädchen einen Streich

Die Mädchen waren sehr stolz auf den Erfolg von Jennis Stinkbomben.

„Trotzdem sollten wir es nicht noch einmal machen", meinte Jenni. „Ich habe so eine Ahnung, als ob wir dann hereinfallen könnten."

„Wenn ihr noch einmal solch eine Bombe losläßt, muß ich mich übergeben", sagte Claudine. „Es war der scheußlichste Gestank, den ich je gerochen habe."

„Wir machen es nicht mehr", versprach Bobby. „Aber ich habe eine ausgezeichnete Idee: Wir tun so, als ob es stinkt. Dann wird sich Mamsell schrecklich aufregen und den ganzen Raum durchschnüffeln. Wir werden umkommen vor Lachen."

„Ja – das machen wir", sagte Jenni begeistert. „Doris, du fängst damit an!"

Doris grinste. Für derlei Aufgaben war sie sehr gut zu

gebrauchen, denn sie konnte ausgezeichnet Theater spielen. Als Mamsell am nächsten Tag hinter ihrem Pult saß, begann Doris mit der Vorstellung.

Im Klassenzimmer war die Luft frisch und angenehm. Elli, die in dieser Woche die Blumen versorgte, hatte eine Vase mit weißen Nelken gefüllt und aufs Fensterbrett gestellt. Zu allen Plätzen drang deutlich der zarte würzige Duft.

Doris schnüffelte. Zuerst rümpfte sie nur ein wenig die Nase, aber bald schnupperte und schnaubte sie laut vor sich hin.

„Doris! Bist du erkältet?“ fragte Mamsell ungeduldig. „Besitzt du denn kein Taschentuch?“

„Natürlich habe ich eins, Mamsell“, sagte Doris und zog es hervor.

Dann begann Jenni zu schnüffeln. Sie krauste die Nase, holte tief Luft und schaute sich überall um. Mamsell runzelte die Stirn. Sie konnte solche Störungen nicht leiden.

Dann schnupperte Hanni herum. Auch sie zog rasch ihr Taschentuch heraus. Kurze Zeit später schnaubte die ganze Klasse, als hätte sie eine schwere Erkältung. Nur Irene, die nicht eingeweiht war, saß still und erstaunt auf ihrem Platz.

Verzweifelt schaute Mamsell die Mädchen an. „Wozu macht ihr diesen Lärm? Schnupf-schnupf-schnupf! Ich kann dieses Schnupfen nicht mehr ertragen!“

Doris gab ihrem Gesicht einen Ausdruck von Ekel. Mamsell bemerkte ihn, und ein entsetzlicher Gedanke schoß ihr in den Kopf. Konnte es wieder dieser schreckliche Geruch sein?

„Doris“, sagte sie drängend. „Was ist los?“

„Ich rieche etwas“, murmelte Doris. „Ganz deutlich! Riechen Sie denn nichts, Mamsell?“

Mamsell roch nichts. Aber sie erinnerte sich, daß sie gestern zuerst auch nichts bemerkt hatte. Bekümmert schaute Mamsell die Mädchen an. Sie schienen es alle zu riechen! „Ich werde es sofort melden", sagte Mamsell und verließ eilig den Raum.

„O Schreck", sagte Bobby. „Die Direktorin wollen wir nicht hier haben. Aber Mamsell war ja im Eiltempo verschwunden."

Mamsell hatte Pech; die Direktorin war ausgegangen. Ärgerlich stand sie vor dem leeren Zimmer. Als sie zur Klasse zurückhastete, steckte sie rasch den Kopf ins Lehrerzimmer. Fräulein Ellis saß an einem Tisch und korrigierte Hefte.

„Fräulein Ellis – denken Sie nur, der Gestank ist schon wieder da!" rief sie. „Er ist einfach fürchterlich! Ich glaube nicht, daß Sie in diesem Raum Ihre nächste Stunde abhalten können!"

Mamsell zog den Kopf zurück und eilte den Korridor entlang. Als sie das Klassenzimmer betrat, erwartete sie, daß ihr eine mächtige Welle verdorbener Luft entgegenströmte. Aber sie merkte nichts – gar nichts. Wie seltsam!

„Fräulein Theobald ist ausgegangen", erzählte Mamsell der Klasse. „Nun kann sie wieder nichts riechen – aber ich rieche auch noch nichts!"

Die Mädchen atmeten erleichtert auf. Doris gab sofort eine Erklärung ab.

„Machen Sie sich keine Sorgen, Mamsell. Wir wissen, woher der Geruch diesmal kam. Er war ja auch ganz anders als gestern. Heute waren es nur die Nelken!"

Doris hob die große Blumenvase auf, ging mit ihr auf Mamsell zu und hob sie der Lehrerin unter die Nase. Mamsell holte tief Luft und atmete den starken, köstlichen Duft ein.

„So", sagte sie zu Doris. „Dann war es ja gut, daß Fräulein Theobald nicht hier war. Sie hätte sich ganz umsonst bemüht."

Unterdrücktes Kichern kam auf. Aber als sich die Tür

plötzlich öffnete, trat sofort Stille ein. Kam die Direktorin etwa doch?

Es war jemand anders: Fräulein Ellis war neugierig geworden und wollte sich nun selber von diesem merkwürdigen Geruch überzeugen, über den sich Mamsell fortwährend beschwerte. Sie blieb an der Tür stehen und schnüffelte.

„Ich kann nichts riechen, Mamsell“, sagte sie endlich.

Mamsell beeilte sich, ihr die Sache zu erklären. „Ich habe auch nichts bemerkt, Fräulein Ellis. Es waren die Nelken mit ihrem starken Geruch. Doris hat es mir gerade gesagt.“

Fräulein Ellis schaute recht ungläubig drein. „Wie können die Mädchen den Duft von Nelken mit einem abscheulichen Gestank verwechseln? Das verstehe ich nicht!“ sagte sie.

Fräulein Ellis blickte ihre Klasse scharf an und verließ den Raum.

Mamsell war entrüstet. Als ob sie am Tag vorher nicht selber den gräßlichen Geruch bemerkt hätte! Für den Rest der Stunde hatten die Mädchen eine friedliche Zeit – mit der aufgebrachten Französischlehrerin unterhielten sie sich über alle Arten von auftretenden Gerüchen.

Nach der Pause hatte die Klasse bei Fräulein Ellis Geographieunterricht. Mit strengem Gesicht kam die Lehrerin ins Zimmer. „Ich möchte euch warnen“, sagte sie. „Wenn irgend jemand das Wort Geruch oder Gestank in den Mund nimmt, dann bedeutet das, daß ihr auf ein bißchen zusätzliche Arbeit Lust habt.“

Die Klasse wußte, was dieser Wink besagte. „Ein bißchen zusätzliche Arbeit“ war eine Strafarbeit, die mindestens zwei Stunden in Anspruch nahm. Sofort waren alle entschlossen, Fräulein Ellis keinen Anlaß zum Ärger zu geben.

Aber nach zehn Minuten geschah etwas Schreckliches. Bobby hatte vergessen, daß sie immer noch die Stinkbombe von gestern in der Rocktasche trug. Und als sie sich ziemlich heftig setzte, zersplitterte das dünne Glas. Die Flüssigkeit verdunstete. Im nächsten Augenblick breitete sich der bekannte scheußliche Gestank im Klassenzimmer aus.

Doris roch ihn. Jenni roch ihn. Bobby roch ihn und fuhr sofort mit der Hand in die Tasche. Als sie die Glasscherben berührte, schaute sie sich verzweifelt um und machte den anderen kleine Zeichen, um sie über das dumme Mißgeschick zu informieren. Die scharfen Augen der Lehrerin bemerkten Bobbys erregte Handbewegungen. Deshalb war sie gar nicht überrascht, als die Duftwelle auf sie zukam. Wahrhaftig, es roch ganz abscheulich!

Fräulein Ellis dachte kurz nach. Sicherlich war dies der Gestank von gestern – der von heute dagegen existierte überhaupt nicht. Da hatten die Mädchen Mamsell nur mit einem albernen Trick hereinlegen wollen.

Aber dieser üble Geruch ist keine Täuschung! dachte Fräulein Ellis. Nach Bobbys Handbewegungen zu urteilen, scheint er jedoch nicht absichtlich entstanden zu sein. Nun – jetzt werde ich den Mädchen einen Streich spielen! Ohne einen Ton zu sagen, schrieb Fräulein Ellis ein paar Anweisungen an die Tafel. Dann drehte sie sich um und verließ den Raum, wobei sie die Tür fest hinter sich schloß. Betroffen schauten die Mädchen an die Tafel.

‚Seite 72. Beantwortet schriftlich die Fragen.' ‚Seite 73. Lest die ersten beiden Absätze und schreibt sie mit euren eigenen Worten neu.' ‚Seite 74. Zeichnet die Landkarte ab.'

„Das ist ja heiter", platzte Doris heraus. „Sie ist einfach gegangen – und wir müssen in diesem verpesteten Zimmer sitzen und uns abrackern. Bobby, du Riesenschaf, warum hast du nur die Stinkbombe zerbrochen?"

„Es war ein reines Mißgeschick", sagte Bobby entschuldigend. „Ich hatte ganz vergessen, daß ich sie noch in der Tasche trug, und habe mich daraufgesetzt."

„Ich bleibe nicht sitzen", erklärte Claudine nachdrücklich. „Mir ist übel. Mir wird übel werden."

Hastig verließ sie den Raum. Als sie draußen im Korridor an Fräulein Ellis vorbeiging, stöhnte sie so schrecklich, daß die Lehrerin kein Wort sagte, sondern sie anstandslos vorbeigehen ließ. Typisch Claudine: Sie erreichte immer, was sie sich in den Kopf gesetzt hatte.

Kleinlaut saßen die anderen da, husteten, jammerten und plagten sich mit ihren Aufgaben. Am Ende der Stunde betrat Fräulein Ellis das Zimmer.

Sie ließ die Tür hinter sich auf. „Ihr könnt im Garten ein bißchen frische Luft schnappen", sagte sie. „Bobby, bleib bitte hier."

Mit betrübtem Gesicht blieb Bobby zurück, während die anderen glücklich ins Freie flohen.

„Ich war es, bei der die Stinkbombe losging", sate sie sofort. Fräulein Ellis konnte man nicht mit Ausflüchten kommen – außerdem hatte Bobby dafür keine Begabung. „Aber es war ein reines Mißgeschick, Fräulein Ellis. Wirklich! Bitte glauben Sie mir!"

„Ich glaube dir", erwiderte Fräulein Ellis. „Doch dieses Mißgeschick darf unter keinen Umständen noch einmal passieren. Ihr habt eure Strafe gehabt, deshalb will ich jetzt kein Wort mehr darüber verlieren. Aber ich warne euch – beim nächsten Mal könnt ihr euch auf etwas gefaßt machen!"

Ein Geburtstag – und eine großartige Idee!

„Ist das Wetter nicht herrlich?" sagte Nanni zu Hanni. „Tag um Tag haben wir nur Sonne und klarblauen Himmel. Wenn wir jetzt doch nur Englisch- und Mathestunden im Schwimmbecken hätten!"

„Der kühlste Teil des Tages ist die Nacht!" sagte Doris.

„Ich würde gern am Tag schlafen und dafür in der Nacht arbeiten, wenn der frische, kühle Wind aufkommt."

„Gestern abend bin ich aufgewacht – und da hat der Mond zum Fenster hereingeschienen", sagte Hilda. „Ich bin aufgestanden und habe nach draußen geschaut. Ihr könnt euch gar nicht vorstellen, wie schön das Land aussieht, wenn der Mondschein darauf liegt. Ich hätte so gern einen Spaziergang gemacht – und im Freien gepicknickt!"

„Ich muß schon sagen", rief Bobby sofort, „das ist eine herrliche Idee – ein Mondscheinpicknick! Das machen wir!"

„Ooooh", riefen die anderen, „das wäre ein Spaß!"

„Das wäre es sicher", meinte Hilda. „Aber sind wir nicht schon zu erwachsen für Verstöße gegen die Vorschriften?"

„Ach Hilda, sei nicht so brav!" sagte Jenni.

„Das bin ich nicht!" entrüstete sich Hilda. „Das bin ich noch nie gewesen! Vielleicht geht es gut, und wir bekommen gar keinen Ärger. Wir könnten ja auf dem Schulgelände picknicken. Wie wäre es, wenn wir zum Schwimmbecken gingen und ein Bad im Mondschein nähmen?"

„Das wird immer besser", sagte Bobby entzückt. „Hört zu: Wir warten, bis Vollmond ist – das wird in zwei Tagen sein. Dann ist das Bad wunderbar beleuchtet, und es wird ganz festlich aussehen."

„Da habe ich ja gerade Geburtstag!" rief Marianne. „Das wäre eine wunderbare Geburtstagsfeier!"

„In Ordnung", sagte Jenni. „Da müssen wir schnell unsere Pläne machen! Wir haben nicht mehr viel Zeit." Sie wandte sich an die Vertrauensschülerin. „Ruth, du kommst doch auch?"

Ruth nickte. „Ich gehe heute nachmittag mit Hilda in die Stadt und bestelle ein paar Sachen für das Picknick", sagte sie. „Ihr holt es dann nach und nach ab. Wenn ihr mit kleinen, unauffälligen Päckchen in die Schule kommt, wird niemand Verdacht schöpfen."

„Sollen wir Irene einweihen oder nicht?" fragte Jenni.

„Natürlich nicht", sagte Bobby. „Sie würde sofort zu ihrer Mutter laufen und uns verraten – und dann wäre unser ganzes Picknick im Eimer!"

„Eigentlich ist es nicht schön, daß wir Irene nirgends mitmachen lassen", meinte Hanni. „Aber wir können es wirklich nicht riskieren."

Marianne war wegen ihres Geburtstages besonders aufgeregt. „Natürlich nehme ich meinen Geburtstagskuchen mit", sagte sie zu ihrer Freundin Carla. „Mutter will mir vierzehn Kerzen schicken. Die stecken wir auf den Kuchen und zünden sie an."

Irene war längst daran gewöhnt, daß man alle Pläne ohne sie schmiedete. Deshalb verschloß sie ihre Ohren, als sie sah, wie die Mädchen miteinander tuschelten. Sie versuchte nicht, das neue Geheimnis zu ergründen. Aber sie sah blaß und unglücklich aus, lächelte nur selten und schloß sich niemandem an. Nachdem Elli am Besuchstag so freundlich zu ihr gewesen war, behandelte Irene sie sehr nett, und Elli bekam seit der Zeit keine Näharbeiten mehr.

Mariannes Geburtstag kam heran. Wie immer, gab die Klasse dem Geburtstagskind kleine Geschenke. Meist waren es bescheidene Dinge, aber diesmal befanden sich ein paar kostbare Sachen darunter.

Angela überreichte Marianne eine Grammophonplatte. Sie hatte zwanzig Mark gekostet. Marianne war gerührt. „Du hättest nicht so viel Geld ausgeben dürfen!" sagte sie.

„Warum nicht?" erwiderte Angela. „Mein Großvater hat mir erst letzte Woche fünfzig Mark geschickt. Wenn ich Geld nicht ausgeben soll, wozu habe ich es dann?"

Um nicht übertroffen zu werden, schenkte Bettina eine teure Notenmappe aus Leder. Marianne staunte, daß Bettina ihre abgetragene Mappe aufgefallen war.

„Bettina – wie wunderschön!" rief Marianne, und ihr Gesicht rötete sich vor Freude. „Aber du hättest dich wirklich nicht so anstrengen sollen! Schlimm genug, daß Angela das getan hat – und nun gibst du auch so viel Geld für mich aus!"

„Was Angela kann, kann ich auch", sagte Bettina steif. Diese Worte dämpften Mariannes Freude. Wenn sich Bettina nur angestrengt hatte, um Angela zu übertreffen, dann steckte hinter dieser Gabe wenig Freundlichkeit und Zuneigung.

Zur allgemeinen Überraschung schenkte Claudine eine sehr hübsche Handtasche. Claudine gehörte zu den Mädchen, die über wenig eigenes Geld verfügten – und es auch zugaben. Deshalb freute sich Marianne über die Gabe ganz besonders.

„Vielen Dank, Claudine", sagte sie. „Die Tasche ist wunderhübsch. Aber sie hat dich ein Vermögen gekostet. Und bei dir weiß ich ja bestimmt, daß du nicht viel Taschengeld erhältst!"

Doch in dieser Woche schien Claudine reich zu sein. Als ihren Anteil am Mondscheinpicknick stiftete sie acht Pfund Kirschen.

„Wenn ich schon einmal Geld habe, dann will ich es auch ausgeben", sagte sie. „Ich wäre froh, wenn ich das immer tun könnte. Wie gut hat es doch Angela! Sie kann sagen: ‚Ich will dies, ich will das' und bekommt es!"

„Aber das bedeutet auch, daß du dich auf nichts mehr besonders freuen kannst", sagte Carla. „Ich meine – wenn Mutter und ich monatelang sparen, um zusammen in Urlaub zu gehen, dann ist dieser Urlaub für uns ein viel größeres Erlebnis als Angelas sämtliche Reisen. Viel Geld zu haben, bedeutet nicht immer auch die meiste Freude."

„Sie hat wieder einmal recht", sagte Nanni und nickte der stillen, bescheidenen Carla zu. „Ich wäre jetzt nur froh, wenn Hanni und ich ein paar Sachen mehr für unser Picknick kaufen könnten. Aber letzte Woche hatte Großmutter Geburtstag, und da haben wir fast unser ganzes Geld für einen lila Seidenschal ausgegeben. Deshalb sind wir ziemlich bankrott. Hoffentlich verachtest du uns nicht, Marianne, weil wir dir nur einen Kasten Farbstifte schenken."

„Ich freue mich sogar sehr darüber", erwiderte Marianne, die im Grunde nicht darauf achtete, was ein Geschenk gekostet hatte. Sie fand es viel wichtiger, daß es gern gegeben wurde. „Ich meine, ihr seid alle sehr lieb zu mir gewesen. Niemand hat mich vergessen!"

Sogar Irene hatte ein kleines Geschenk gebracht. Sie entschuldigte sich: „Es ist nur ein Taschentuch. Und auch nur eines von meinen. Aber bitte, nimm es an, Marianne, und laß dir sehr herzlich gratulieren. Ich möchte nicht die einzige sein, die dir nichts gibt. Du weißt ja, ich habe kaum Taschengeld, und Eddy hat auch bald Geburtstag."

Jede wußte, daß Irene von ihrer Mutter sehr knapp gehalten wurde. Ein vierzehnjähriges Mädchen konnte einfach nicht mit einer Mark in der Woche auskommen. Aber das begriff die Hausmutter nicht.

„Ich wäre froh, wenn wir Irene für heute nacht einladen könnten", sagte Marianne. Im allgemeinen kümmerte sie sich wenig um die Sorgen ihrer Kameradinnen, aber Irenes bescheidenes Geschenk rührte sie, ebenso ihr aufrichtiges Geständnis, kein Geld zu besitzen.

„Es geht nicht", sagte Bobby entschieden. „Heute morgen erst hat sie ihrer Mutter erzählt, daß sich Jenni über die vielen unerklärlichen Näharbeiten beschwert hat – und schon bekam die arme Jenni einen neuen Berg. Ausgerissene Reißverschlüsse, Pullis mit Löchern und solche Sachen. Ihr könnt sagen, was ihr wollt – sie hilft bestimmt nach, wenn nur eine Winzigkeit entzwei ist, um uns schuften zu lassen. Niemals zuvor gab es so viel Flickerei. Bei unserer alten Hausmutter habe ich manchmal monatelang keine Nadel in die Hand zu nehmen brauchen."

„Schon gut. Wir laden Irene also nicht ein", sagte Marianne.

Alles war für das Mondscheinpicknick vorbereitet. Als die Mädchen am Abend zu Bett gingen, befand sich kein Wölkchen am Himmel. Es war noch ziemlich hell, als sie sich schlafen legten.

„Ich glaube, heute wird es überhaupt nicht dunkel", sagte Bobby und schaute aus dem Fenster. „Wenn die Dämmerung heraufzieht, fängt schon der Mond zu leuchten an, und dann ist es draußen sicher taghell. Ich freue mich sehr auf ein Mitternachtsbad."

Zum Glück hatte Irene einen tiefen Schlaf. Wenn sie einmal eingeschlafen war, konnte nichts sie aufwecken. Sogar den probeweisen Feueralarm hatte sie einmal verschlafen. Die Mädchen glaubten fest, daß Irene es nicht merken würde, wenn sie sich in der Nacht fortschlichen.

Zum Schlafen war es zu heiß. Einige Mädchen dösten, nur Irene und Marianne schliefen fest. Die anderen warfen sich in ihren Betten herum und warteten. Als endlich die Uhr halb zwölf war, mußte nur Marianne geweckt werden. Irene lag gleich neben der Tür. Sie schlichen auf Zehenspitzen an ihrem Bett vorbei. Irene rührte sich nicht. Die Mädchen trugen Badeanzüge unter ihren Morgenröcken, an den Füßen Turnschuhe. Sie verursachten nicht das geringste Geräusch, als sie sich den Gang entlangstahlen, die Treppe hinuntereilten und vor dem großen Schrank stehenblieben, in dem die Vorräte versteckt lagen.

Kichernd und wispernd beluden sie sich, schlichen zum Haustor und schlossen auf. Vorsichtig schlüpften sie hinaus in den Garten und ließen hinter sich die Tür einen Spalt offen, damit sie unbehindert wieder ins Haus zurückkehren konnten.

Im Schatten der Bäume hasteten die aufgeregten Mädchen zum Schwimmbecken. Wie herrlich sah das stille Wasser aus, wie spiegelglatt und silbern lag es da im hellen Mondlicht!

„Wir dürfen nicht zu viel Lärm machen", sagte Jenni.

„Hoffentlich kommt niemand auf die Idee, einen Mondscheinspaziergang zu machen! Springt nicht so wild ins Wasser, daß es bis zum Haus hin zu hören ist. Ich schlage vor, wir schwimmen erst. Mir ist so heiß!"

Die Morgenröcke flogen zur Seite, die Turnschuhe hinterher. Und dann sprang ein Mädchen nach dem anderen ins Wasser – nur Claudine blieb am Beckenrand stehen. Nichts konnte sie bewegen, ein Bad zu nehmen. Sie konnte sich wohl einmal ins Wasser stürzen, um eine boshafte Frau zu bestrafen – aber nur zu ihrem Vergnügen tat sie es ganz gewiß nicht!

Lachend saß sie im Gras und beobachtete ihre übermütigen Kameradinnen. Als sie einen Augenblick zur Seite schaute, bemerkte sie eine undeutliche Gestalt, die zwischen den Bäumen verschwand. Wer konnte das sein?

Aber Claudine!

Lautlos rannte Claudine in ihren Turnschuhen der Gestalt nach. Sie wollte in Erfahrung bringen, wer sich in der Nähe des Schwimmbeckens zu schaffen machte. Es war Irene! Irene, von der alle angenommen hatten, sie läge in tiefem Schlaf.

Diese falsche Schlange! dachte Claudine. Sie hat uns nachspioniert, und nun läuft sie zu ihrer Mutter, um alles zu verraten.

Sie wollte ihr folgen, verlor aber die Spur. So konnte sie nicht feststellen, wohin Irene verschwunden war. Claudine hastete zum Schwimmbecken zurück und flog vor Aufregung beinahe ins Wasser.

„So eine Gemeinheit!" rief Bobby, als sie die schreckliche Geschichte hörte, und stieg aus dem Becken. „Vermutlich geht diese Petze Irene geradewegs zu ihrer Mutter, und die erscheint hier, bevor wir noch einen Bissen essen können."

„Ich laufe ins Haus und halte Wache", sagte Claudine eifrig. „Ich weiß, wo die Hausmutter schläft. Da stelle ich mich vor ihre Tür und warte, bis ich weiß, ob sie kommt oder ob Irene doch den Mund gehalten hat."

„Gut", sagte Bobby. „Aber beeile dich. Und renne sofort zurück und warne uns, wenn du die Hausmutter aus ihrem Zimmer kommen siehst. Wir dürfen nicht erwischt werden!"

Claudine sauste los. Nirgends konnte sie Irene entdecken. Sie betrat das Haus durch die offene Gartentür und stieg leise die Treppe hinauf. Vor dem Zimmer der Hausmutter blieb sie lauschend stehen. Kein Ton war zu hören. Was sollte sie tun?

Dann fingen Claudines scharfe Ohren einen Laut aus dem Zimmer der Hausmutter auf. Das Bett knarrte. Anscheinend war die Hausmutter wach. Dann knarrte das Bett noch ein bißchen mehr, und Claudine hörte, wie jemand in Hausschuhe schlüpfte. Jetzt zieht sie ihren Morgenock an! dachte Claudine. Nun bindet sie sich den Gürtel. Aber warum steht sie auf, wenn ihr Irene nichts erzählt hat?

Die kleine Französin verkroch sich in einer dunklen Ecke, als die Tür plötzlich aufsprang. Auf der Schwelle erschien die dürre Gestalt der Hausmutter.

Leise ging sie den Korridor hinunter, in Richtung auf die Schlafsäle.

Claudine folgte ihr wie ein Schatten, sie bewegte sich klug von einer dunklen Ecke zur anderen vorwärts.

Die Hausmutter betrat den Schlafsaal, zu dem auch Irene gehörte.

„Irene", rief sie halblaut. Keine Antwort! Die Hausmutter tastete über das Bett und fand niemanden drin. Verwundert knipste sie das Licht an. Alle Betten waren leer!

Sie ging zum angrenzenden Schlafsaal, wo die anderen Mädchen der Klasse liegen sollten, und knipste das Licht an. Auch dort waren die Betten leer.

„Wo sind sie?" brummte die Hausmutter ärgerlich. „Solche Sachen erlaube ich nicht. Und Irene sollte sich aus diesen dummen Streichen lieber heraushalten."

Überrascht hörte Claudine das Gemurmel. Irene hatte also ihre Mutter nicht verständigt! Wahrscheinlich stand sie im Garten und beobachtete den Spaß.

Sicher würde ihnen die Hausmutter nun alle Freude verderben. Claudine empfand plötzlich eine heftige Abneigung gegen diese strenge, humorlose Frau.

Die Hausmutter stieg entschlossen die Treppe hinunter und kam an dem Schrank vorbei, in dem die Mädchen ihre Vorräte versteckt hatten. Er stand noch offen. Sie gab einen ärgerlichen Laut von sich und ging hin, um die Tür zuzuschlagen. In diesem Augenblick hatte Claudine ihre großartige Idee! Die Hausmutter bekam plötzlich einen heftigen Stoß, so daß sie unsanft im Schrank landete und sich zwischen alten Tennisschlägern und Handballbällen wiederfand. Dann wurde die Tür zugestoßen – und verschlossen! Die Hausmutter war gefangen! Claudine nahm den Schlüssel an sich und steckte ihn in die Tasche ihres Morgenrocks. Sie lachte leise und rannte durch die Tür in den Garten. Auf dem Weg zum Schwimmbecken konnte sie noch hören, wie die Hausmutter mit den Fäusten ans Holz hämmerte. Daß jemand auf das Trommeln aufmerksam wurde, war nicht zu befürchten, denn die Schlafsäle lagen weit entfernt.

Nun sind wir sicher, dachte Claudine triumphierend. Was für ein köstlicher Spaß! Aber die anderen?

Ich sage ihnen einfach nicht, was ich gemacht habe, dachte die kleine Französin, als sie zum Schwimmbecken zurückhastete. Wenn sie es nicht wissen, sorgen sie sich auch nicht! Ich erkläre nur, es sei alles in Ordnung. Irene habe nicht gepetzt, und die Hausmutter käme ganz sicher nicht!

Die Mädchen saßen um das Schwimmbecken herum. Die Füße ließen sie ins Wasser baumeln. Das Wasser war lauwarm, denn die Sonne hatte es gründlich durchgewärmt. Es war einfach herrlich, so faul dazusitzen und all diese Köstlichkeiten in sich hineinzustopfen. Ein so schönes Mitternachtsfest hatte noch keines der Mädchen erlebt!

„Die Torte schmeckt prächtig", sagte Bobby und biß in ihr riesiges Stück. „Ihr könnt mir glauben, so hungrig bin ich ganz selten gewesen. Sind das Brote mit Ölsardinen, Ruth? Dann reiche mir mal ein Stück herüber!"

Claudine genoß das Essen noch mehr als die anderen. Sie war zwar nicht so hungrig wie ihre Kameradinnen, denn sie war ja nicht im Wasser gewesen – aber sie dachte mit großer Befriedigung an die Hausmutter, die jetzt im dunklen Schrank hockte und niemandem den Spaß verderben konnte!

Schließlich war alles aufgegessen und ausgetrunken. Sogar die hochmütige Angela hatte das Fest genossen. Nur Elli hatte es nicht ganz so gut gefallen; sie war in ihrem Morgenrock ins Wasser gefallen und wußte nicht, wie sie ihn bis zum Morgen trocken bekommen sollte. Marianne erklärte, es sei der schönste Geburtstag ihres Lebens gewesen.

„Es war wirklich herrlich", sagte Jenni mit fröhlichem Gesicht. „Jetzt sollten wir aber schleunigst zurückkehren. Hört – es schlägt eins! Meine Güte, bin ich müde!"

Alle waren müde. Das Schwimmen hatte sie angestrengt. Sie räumten Papier, Pappkartons und Konservendosen weg und sammelten die leeren Flaschen ein.

„Ich glaube, jetzt ist alles sauber", sagte Ruth und schaute sich noch einmal gründlich um. „Seht nur, wie schön das Wasser ist. Ich würde am liebsten noch einmal hineingehen!"

Aber es war wirklich Zeit, wieder ins Bett zu kommen. Im Schatten der Bäume rannten die Mädchen zurück. Durch die geöffnete Gartentür betraten sie das Haus.

Und dann hörten sie ein seltsames Geräusch.

„Seid mal still! Was ist das?“ sagte Ruth aufgeschreckt.

„Laßt mich heraus! Laßt mich heraus!“ schrie eine erstickte Stimme, und jemand trat mit dem Fuß an eine Tür.

Elli und Angela waren starr vor Schreck.

„Ein Einbrecher!“ schrie Elli und rannte die Treppe hinauf, so schnell sie konnte, Angela hinter ihr her.

Claudine stieß die anderen zur Treppe und flüsterte: „Beeilt euch! Macht, daß ihr in den Schlafsaal kommt. Ich erkläre euch dann alles!“

Mit größtem Erstaunen hasteten die Mädchen die Treppe hinauf und gingen in Claudines Schlafsaal. Alle wollten wissen, was diese seltsamen Geräusche zu bedeuten hatten.

„Es ist die Hausmutter“, sagte Claudine. „Sie ist im Schrank eingeschlossen!“

Entsetzte Stille!

„Wer hat sie eingeschlossen?“ fragte Bobby schließlich.

„Ich“, erwiderte Claudine. „Sie kam in unsere Schlafsäle und bemerkte, daß wir nicht hier waren. Und ich wollte nicht, daß sie uns den Spaß verdarb – und deshalb habe ich sie in den Schrank gestoßen und zugeschlossen. Habe ich nicht schnell und klug gehandelt?“

Die wütende Hausmutter

Ein paar Augenblicke sagte niemand ein Wort. Die Hausmutter in einen Schrank einzusperren! Claudine mußte übergeschnappt sein!

„Nein, ich bin nicht übergeschnappt“, sagte Claudine, die die Gedanken ihrer Kameradinnen erriet. „Es war ja das einzige, was ich tun konnte. Sie hätte sonst Alarm geschlagen!“

„Ach, Claudine – du kannst dich jetzt auf was gefaßt machen!“ sagte Jenni.

„Das macht nichts“, erwiderte Claudine und zuckte leichtsinnig mit den Achseln. Sie war nicht im mindesten aufgeregt oder ängstlich. Die Mädchen starrten sie ungläubig an.

Plötzlich hatte Bobby einen schrecklichen Gedanken. „Wer läßt sie denn heraus?“

Niemand sprach eine Silbe. Noch nicht einmal Claudine wollte es wagen, den Schrank zu öffnen. Aber man konnte sie doch nicht bis zum nächsten Morgen da drinnen lassen!

„Wo ist der Schlüssel?“ fragte Jenni. Claudine holte ihn aus der Tasche ihres Morgenrocks, steckte ihren Finger durch den runden Schlüsselring und schwenkte ihn gedankenvoll hin und her.

„Da ich sie eingeschlossen habe, werde ich sie auch wieder herauslassen“, sagte sie endlich. „Aber ich werde den Schlüssel sehr leise umdrehen, die Tür um einen winzigen Spalt öffnen und dann verschwinden, so schnell ich kann.“

„Warum hast du uns nichts von deinem Streich gesagt?“ fragte Bobby. „Du hast dich seelenruhig ins Gras gesetzt und gefuttert!“

„Ich habe gedacht, ihr würdet euch nur aufregen“, erwiderte Claudine. „Sicher hättet ihr die arme Hausmutter befreien wollen! Was wäre dann aus unserem Picknick geworden?“

„Du bist ein seltsames Mädchen, Claudine“, meinte Hanni. „Du tust die schrecklichsten Dinge aus den besten Motiven! Du wirfst dich ins Wasser, um dich an einer unsympathischen Frau zu rächen – und du schließt die Hausmutter in einen Schrank, um uns nicht das Fest verderben zu lassen. Was wirst du als nächstes tun?“

„Wir müssen zunächst unbedingt etwas unternehmen“, sagte Ruth. „Soll Claudine hinuntergehen und sie befreien?“

„Ich gehe schon“, sagte Claudine und erhob sich mit Würde. Sie genoß diesen Moment. Alle starrten sie an. Claudine war zwar nicht eingebildet, aber sie fand es herrlich, etwas Ungewöhnliches und Dramatisches zu tun.

Sie ging hinaus. Die Mädchen hasteten in ihre Betten. Sie ahnten, daß kurze Zeit später die Hausmutter kommen würde – zweifellos tobsüchtig.

Claudine schlich sich zum Schrank hinunter. Die Hausmutter hämmerte noch immer gegen die Tür und schrie um Hilfe. Claudine steckte vorsichtig den Schlüssel ins Schloß – aber als sie ihn gerade umdrehen wollte, hörte sie leise Schritte, die sich vom Garten her näherten.

Claudine rannte sofort die Treppe hinauf, ohne den Schlüssel umzudrehen. Sollte, wer da kam, die Tür aufschließen! Sicher würde er die Hausmutter hören und befreien. Indessen konnte sie, Claudine, sich in Sicherheit bringen.

Die Schritte kamen zur Gartentür, und jemand schlüpfte ins Haus. Es war Irene! In höchstem Erstaunen blieb sie stehen, als sie die erstickten Schreie und das Klopfen hörte.

„Aber – das ist ja Mutters Stimme", sagte Irene laut. „Wo ist sie? Sie kann doch nicht im Schrank stecken?"

Sie war doch dort, wie Irene sehr bald feststellte. Das Mädchen drehte sofort den Schlüssel herum und öffnete die Tür. Die Hausmutter stolperte heraus, außer sich vor Zorn. Mit wildem Griff packte sie das Mädchen, ohne es zu erkennen. Irene schrie laut auf.

„Mutter! Nicht! Ich bin es, Irene. Wie bist du nur in den Schrank gekommen?"

„Du?" schrie die Hausmutter und ließ Irene los. „Was machst *du* denn hier? Wo bist du gewesen? Wie kannst du es wagen, nachts fortzuschleichen? Sag mir sofort, was du gemacht hast!"

„Ich kann es dir nicht sagen", erwiderte Irene furchtsam. Sie hatte von dem nächtlichen Unternehmen der Klasse tatsächlich keine Ahnung! Als sie selber aus dem dunklen Schlafsaal schlüpfte, waren ihr die leeren Betten überhaupt nicht aufgefallen. Sie hatte sich mit ihrem Bruder getroffen, der draußen vor der Gartenmauer auf sie wartete. Aber das konnte sie ihrer Mutter auf keinen Fall sagen, sonst bekam Eddy Ärger.

„Du willst also nichts sagen?“ drohte die Mutter. „Nun, dann sag mir wenigstens, wer mich eingeschlossen hat. Ich kann mir nicht vorstellen, daß du das wagen würdest!“

„Natürlich habe ich es nicht getan“, erwiderte Irene. „Aber ich weiß wirklich nicht, wer es gewesen ist. Vielleicht war es Carlotta? Es wäre ihr zuzutrauen. Doch genau kann ich es dir wirklich nicht sagen. Bitte, Mutter, laß mich jetzt zu Bett gehen.“

Die Hausmutter war jedoch viel zu wütend, um die Sache auf sich beruhen zu lassen. Sie stieg mit energischen Schritten zu den Schlafsälen der Klasse empor und knipste das Licht an. Alle taten, als schlummerten sie tief. Die Hausmutter betrat zuerst den Schlafraum, in dem ihre Tochter lag, und rief zornig:

„Ich weiß sehr wohl, daß ihr nicht schlaft – also macht eure Augen auf. Ich bin gekommen, um mich zu erkundigen, wer mich in den Schrank gestoßen hat! Ich bestehe auf einer Antwort! Das betreffende Mädchen wird die Schule verlassen müssen.“

Ruth, die Klassensprecherin, richtete sich im Bett auf und sah die zornige Hausmutter an. „Wir sind alle daran schuld“, sagte sie ruhig. „Die ganze Sache tut uns sehr leid, und wir hoffen, daß Sie uns verzeihen.“

„Ich euch verzeihen?“ rief die Hausmutter empört. So leicht kommt ihr diesmal nicht davon! Ich will sofort wissen, wer mich in den Schrank geschlossen hat. Sonst gehe ich geradewegs zu Fräulein Theobald und melde ihr alles.“

Claudine setzte sich im Bett auf, um die Wahrheit zu sagen. Sie hatte keine Angst vor der Hausmutter. Aber Bobby legte ihr warnend die Hand auf die Schulter und flüsterte ihr etwas ins Ohr.

„Sag jetzt nichts! Sonst geht die Hausmutter zu deiner Tante und weckt sie mitten in der Nacht auf. Warum sollen wir auch noch Mamsell hineinziehen? Wenn du willst, beichte morgen früh bei Fräulein Theobald – das ist wahrscheinlich das gescheiteste!"

„Bien", sagte Claudine und kuschelte sich wieder unter ihre Bettdecke. „So werde ich es machen, Bobby."

Die Hausmutter wartete noch ein paar Augenblicke. Dann stampfte sie mit dem Fuß auf und schrie: „Nun gut! Jetzt gehe ich zu Fräulein Theobald! Vielleicht macht ihr den Mund auf, wenn die Direktorin euch fragt. Irene, geh sofort ins Bett. Ich schäme mich, daß meine Tochter an so üblen Streichen teilnimmt und sich weigert, mir die Wahrheit zu sagen!"

Wütend verließ die Hausmutter den Schlafsaal und schlug die Tür hinter sich zu.

„Meine Güte", sagte Bobby und setzte sich auf. „Was für ein Vulkan! Hallo, Irene, wo warst du eigentlich? Glaubt deine Mutter im Ernst, daß du mit uns unter einer Decke steckst?"

„Ja", sagte Irene mit leiser Stimme. „Bitte, verratet mich nicht. Ich habe mich mit meinem Bruder getroffen und nicht gewagt, die Wahrheit zu sagen. Ich wußte ja gar nicht, daß ihr etwas unternommen habt – deshalb konnte ich es meiner Mutter auch nicht erzählen. Nun ist sie sehr böse auf mich. Wir werden alle bestraft werden."

„Ich wette, daß sich Fräulein Theobald nicht sehr freut, mitten in der Nacht geweckt zu werden", sagte Jenni und schaute auf ihre Armbanduhr. „Es ist halb zwei! Wir sollten jetzt schlafen – obwohl ich vermute, daß in kurzer Zeit Fräulein Theobald hereinkommt und uns gründlich ins Gebet nimmt!"

Die Mädchen versuchten, sich zu beruhigen und einzuschlafen. Marianne lag als erste in tiefem Schlummer, die anderen auch bald – nur Irene fand keine Ruhe. Sorgenvoll starrte sie ins Dunkel. Hoffentlich verrieten die Mädchen sie nicht. Sie hatte die Kameradinnen so oft bei ihrer Mutter angeschwärzt – deshalb wäre es gar nicht verwunderlich, wenn es ihr die Klasse mit gleicher Münze heimzahlte!

Die Hausmutter begab sich geradewegs zu Fräulein Theobalds Schlafzimmer. Laut klopfte sie an die Tür.

„Herein", rief es von drinnen, und man konnte hören, wie das Licht angeknipst wurde. Die Hausmutter betrat das Zimmer.

„Was ist los?" fragte die Direktorin, die aufrecht im Bett saß und erstaunt zur Tür blickte. „Ist jemand krank geworden?"

„Nein", erwiderte die Hausmutter mit zornrotem Gesicht. „Etwas viel Schlimmeres ist passiert!"

„Liebe Zeit, was denn?" fragte Fräulein Theobald und sprang eilig aus dem Bett. „Schnell, erzählen Sie!"

„Ich komme wegen der fünften Klasse", sagte die Hausmutter mit grimmiger Stimme. „Alle sind sie aus dem Bett gewesen, alle! Sogar meine Irene! Keine Ahnung, was sie getan haben!"

Mit einem Seufzer der Erleichterung setzte sich Fräulein Theobald aufs Bett zurück. „Ach", sagte sie. „Wahrscheinlich ein Mitternachtsfest. Ich habe geglaubt, Sie hätten etwas Ernsthaftes mitzuteilen. Dies hätte auch bis morgen früh Zeit gehabt!"

„Nein", sagte die Hausmutter, „und aus einem sehr guten Grund. Jemand hat mich nämlich stundenlang in einen Schrank eingeschlossen!"

Fräulein Theobald starrte die Hausmutter an, als könne sie ihren Ohren nicht trauen. „*Sie* waren in einem Schrank eingeschlossen?" fragte sie schließlich. „Sind Sie ganz sicher? Ich meine – ich kann mir nicht vorstellen, daß die fünfte Klasse so etwas tut!"

„Sie wissen nicht die Hälfte von dem, was in dieser Schule vorgeht", erwiderte die Hausmutter vorwurfsvoll. „Nicht die Hälfte! Meine Irene erzählt mir so ziemlich alles, und Sie würden staunen, wenn ich Ihnen einiges davon berichten würde."

„Ich will es gar nicht hören", sagte Fräulein Theobald. „Und offen gesagt finde ich es nicht sehr richtig von Ihnen, Irene zum Petzen zu ermutigen. Außerdem meine ich, ist es nicht Ihre Sorge, ob ich genau weiß, was vorgeht oder nicht. Das ist meine Angelegenheit."

Die Hausmutter fühlte die Zurückweisung in Fräulein Theobalds Worten, und sie ärgerte sich von neuem. Die Direktorin hätte wirklich mehr Anteilnahme zeigen müssen.

„Irene hat mich herausgelassen", berichtete sie weiter. „Sonst hätte ich bis zum Morgen im Schrank sitzen können. In dieser Schule passieren mir schöne Dinge! Natürlich bin ich sofort zu den Schlafsälen hinaufgegangen, um die Mädchen zur Rede zu stellen. Aber alle lagen in ihren Betten und taten, als schliefen sie. Sie sind schreckliche Heuchlerinnen!"

„Nehmen Sie das nicht so wichtig!" sagte die Direktorin. „Meist meinen es die Mädchen gar nicht so böse. Wer hat Sie denn eingeschlossen?"

„Sie wollen es nicht sagen", erklärte die Hausmutter böse. „Aber ich verlange, daß die Betreffende von der Schule verwiesen wird."

„Wahrscheinlich waren alle daran beteiligt", sagte Fräulein Theobald, „und ich kann doch nicht die ganze Klasse hinauswerfen. Denken Sie noch einmal über die Sache nach! Morgen früh sieht manches anders aus!"

„Ich soll warten bis morgen früh?" rief die Hausmutter entrüstet, als Fräulein Theobald sich wieder ins Bett legte.

„Die Mädchen schlafen sicher schon", beschwichtigte die Direktorin. „Warum sollen wir sie jetzt aufwecken?"

Die Hausmutter loderte vor Zorn. Sie biß sich auf die dünnen Lippen. Die Direktorin begann sich zu ärgern.

Großes Schneider-Buch-Preisrätsel!

400 Bücher zu gewinnen!

Lieber
Schneider-Buch-Leser!
Schicke mir diese Karte mit der richtigen Lösung und du nimmst an der nächsten monatlichen Verlosung teil. 400 Schneider-Bücher werden jeden Monat verlost!
Es werden nur ausreichend frankierte Rätselkarten angenommen. Benachrichtigt werden nur die Gewinner. Der Rechtsweg ist ausgeschlossen. Die Beteiligung ist nicht an den Kauf eines Schneider-Buches gebunden. Du bekommst die Karten auch lose in deinem Buchgeschäft.

Viel Spaß und herzliche Grüße
Dein
Onkel Franz
FRANZ SCHNEIDER VERLAG

Postkarte

Postkarten-
Porto

Onkel Franz
von den Schneider-Büchern
Postfach
8000 München 46

Schneider-Buch

Preisrätsel

400 Bücher zu gewinnen!

Hier abtrennen

275/Als Geschmacksmuster geschützt.

Name: Birgit Radetzky

Straße: Hochstätterstraße 10

Postleitzahl: ____________ Ort: ______________________

Achtung:
Absender nicht vergessen!
Nur mit Schreibmaschine oder mit Kugelschreiber in Blockbuchstaben ausfüllen!

Ich bin 9 Jahre alt.
Ich bin ☐ ein Junge
Ich bin ☒ ein Mädchen

Welcher Titel gehört zu dem hier abgebildeten Titelbild?

Den richtigen Titel bitte ankreuzen.

☐ Monica Alm
Kiki mit dem Ponyklub auf der Gespensterparty

☐ Johanna Spyri
Heidi

☒ Enid Blyton
Dolly hat Heimweh nach der Burg

☐ Enid Blyton
Tina und Tini und das Geheimnis des schwarzen Hundes

„Bitte gehen Sie jetzt“, sagte sie kühl. „Wir setzen diese Unterhaltung morgen früh fort.“

Die Hausmutter trat einen Schritt vor, und ihr Gesicht nahm einen boshaften Ausdruck an. „Nun“, sagte sie, „ich wollte es Ihnen nicht sagen, bevor ich selber die Schuldige gestellt hatte – aber in der fünften Klasse befindet sich jemand, der stiehlt! Ich habe Geld vermißt – ja, und auch Briefmarken – und eine ganze Reihe anderer Dinge. Ich möchte diese Sache bald geklärt haben. Sonst muß ich zur Polizei gehen – so leid es mir tut!“

Claudine ist wieder im Vorteil

In diesem Augenblick fühlte Fräulein Theobald eine tiefe Abneigung gegenüber der Hausmutter. Offensichtlich machte es dieser Frau große Freude, so häßliche Dinge zu sagen.

„Ich glaube, wir müssen trotzdem bis morgen früh warten“, erklärte die Direktorin. „Dann werde ich mich mit dieser Angelegenheit gründlich beschäftigen. Gute Nacht!“

Die Hausmutter verließ den Raum, ohne zu antworten.

Am nächsten Morgen wachte die Klasse müde und niedergeschlagen auf. War die Hausmutter bei Fräulein Theobald gewesen?

Zum Frühstück erschien die Hausmutter mit grimmigem Gesicht. Irene hatte verweinte Augen. Ihre Mutter hatte sie sehr ausgezankt, außerdem wollte sie wissen, was die fünfte Klasse in der Nacht unternommen hatte. Aber Irene hatte nichts verraten. Bobby hatte nämlich vorher ein ernstes Wort mit ihr gesprochen.

„Schau, Irene“, hatte sie gesagt, „wir haben dich nicht zu unserem Picknick eingeladen, weil wir fürchteten, du würdest uns bei deiner Mutter verpetzen. Das hast du schließlich öfter getan. Doch wir wollen dir entgegenkommen. Wir sagen nicht, daß du nicht bei uns warst – aber dafür darfst du uns nie mehr anschwärzen. Vestehst du? Wenn du es trotzdem tust, dann ist unsere Vereinbarung gebrochen, und wir verraten dich."

Irene hatte genickt. „Danke", sagte sie. „Ich werde euch bestimmt nicht mehr anschwärzen. Ich weiß, ich habe gepetzt – aber manchmal ist es so schwierig, Mutters Fragen nicht zu beantworten."

Davon war Bobby überzeugt. Irene hatte schon ihre Probleme – aber damit, daß sie anderen Unannehmlichkeiten bereitete, ließen die sich auch nicht lösen.

Doch an diesem Morgen hatte Irene sich geweigert, die beharrlichen Fragen ihrer Mutter zu beantworten. Auch als die Hausmutter böse wurde und ihr sogar Ohrfeigen gab, hatte sie geschwiegen.

„Claudine", sagte Ruth beim Frühstück, „wenn du bei Fräulein Theobald beichten willst, gehst du am besten bald zu ihr. Aber du brauchst es nicht zu tun, wenn du nicht möchtest! Wir halten alle zu dir und bitten die Direktorin, der ganzen Klasse eine Strafe aufzubrummen. Du sollst nicht für uns alle büßen müssen."

„Danke, Ruth", sagte Claudine. „Aber ich gehe schon zu Fräulein Theobald."

„Nun, mach, was du willst", sagte Ruth. „Und viel Glück!"

Gleich nach dem Frühstück ging Claudine zur Direktorin. Ohne Umschweife begann sie zu reden. „Bitte, Fräulein Theobald", sagte sie. „Ich möchte Ihnen nur sagen, daß ich es war, die gestern nacht die Hausmutter in den Schrank schloß. Wahrscheinlich tut man so etwas nicht, aber ich kann die Hausmutter nicht leiden, und ich wollte, daß der Klasse ein hübsches Fest nicht gestört wurde. Wir haben ein Mondscheinpicknick veranstaltet, und es war herrlich!"

Claudine gestand der Direktorin ihren Streich

Fräulein Theobald wurde es schwer, bei Claudines Worten nicht zu lächeln. Die kleine Französin machte wieder ein entwaffnendes Gesicht.

„Warum kannst du die Hausmutter nicht leiden?" fragte die Direktorin schließlich.

„Wollen Sie, daß ich Ihnen die Wahrheit sage?" fragte Claudine. „Nun – durch Irene erfährt die Hausmutter alles, was in der fünften Klasse vorgeht. Und wenn irgendein Wort gegen Irene fällt, dann haben ganz plötzlich all unsere Sachen Risse, lose Knöpfe, Löcher, ausgefranste Säume und ausgerissene Reißverschlüsse. Und so müssen wir stundenlang nähen und flicken, während sich die anderen Klassen im Garten vergnügen."

„Ich verstehe", sagte Fräulein Theobald. Sie hatte schon etwas Ähnliches vermutet. „Trotzdem darfst du niemand in Schränke einsperren. Ich glaube, das ist auch in Frankreich nicht üblich."

„Fräulein Theobald, so etwas mache ich ja auch nicht immer", erklärte Claudine und wollte eine ihrer langen, verwickelten Reden beginnen. „Nein, nein, nur Leute, die es verdienen, sollen in Schränke eingesperrt werden. Ich selber würde nie . . ."

Die Direktorin fand, daß Claudine doch viel Ähnlichkeit mit ihrer Tante hatte. Sie beendete die wortreiche Erklärung.

„Das genügt, Claudine. Bitte entschuldige dich noch heute morgen bei der Hausmutter. Du wirst jede Strafe annehmen, die sie dir gibt!"

In diesem Augenblick klopfte es, und die Hausmutter betrat den Raum. Claudine war hocherfreut darüber. Jetzt – dachte das kluge Mädchen – jetzt werde ich mich bei ihr entschuldigen, vor der Direktorin, dann wagt sie es nicht, mir eine zu strenge Strafe zu geben.

Mit gesenktem Blick trat sie vor die Hausmutter hin und sprach mit sehr schüchterner Stimme:

„Hausmutter, *ich* habe Sie gestern nacht eingeschlossen. Bitte, verzeihen Sie mir. Es war sehr unrecht von mir. Ich werde mit Freuden jede Strafe annehmen, die Sie für angemessen halten!"

Die Hausmutter wurde feuerrot im Gesicht. Mit bösen Augen starrte sie Claudine an.

„Du bist ein unmögliches Mädchen! Du verdientest es, von der Schule gewiesen zu werden. Sei froh, daß deine Tante hier Lehrerin ist. Ihr würde das Herz brechen, wenn du gehen müßtest!"

In Wirklichkeit fürchtete sich die Hausmutter vor Mamsell, die ein noch viel hitzigeres Temperament hatte als sie selber. Mamsell würde außer sich geraten, wenn man ihre „arme, kleine Claudine" wegschickte.

„Es ist sehr gütig von Ihnen, an meine liebe Tante zu denken", erwiderte Claudine lammfromm. „Wie wollen Sie mich bestrafen?"

„In dieser Woche wirst du jede Stunde deiner Feizeit damit zubringen, mir beim Nähen und Flicken zu helfen", sagte die Hausmutter. Sie sah nicht das freudige Aufglänzen in Claudines niedergeschlagenen Augen. Jetzt brauchte sie eine ganze Woche nicht zum Sport zu gehen und keine Spaziergänge zu machen! „Ja, Hausmutter", sagte sie scheinbar zerknirscht.

„Ich gehe jetzt in meine Klasse zurück", sagte Claudine und wandte sich mit strahlendem Lächeln der Direktorin zu. Dann verließ sie eilig das Zimmer. Man muß dieses ungezogene, schlaue und dabei anmutige Geschöpf einfach gern haben, dachte Fräulein Theobald, als sie ihr nachblickte.

„Nun, Fräulein Theobald", sagte die Hausmutter energisch, „sollten wir uns mit diesen Diebstählen beschäftigen. Ich kann einfach nicht länger zusehen. Jeden Tag geschieht etwas. Seit gestern abend ist schon wieder Geld verschwunden. Es sind zwar nur zwei Mark, aber Diebstahl bleibt Diebstahl. Und ich finde, daß man eine Diebin von der Schule weisen muß. Sie wollten das Mädchen nicht hinauswerfen, das mich in den Schrank gesperrt hat – aber vielleicht müssen Sie es doch tun, Fräulein Theobald!"

„Was soll das heißen?" fragte die Direktorin überrascht.

„Ich glaube, daß die kleine Französin all diese Dinge nimmt", erwiderte die Hausmutter. „Mit ihren Näharbeiten geht sie ständig in meinem Zimmer ein und aus. Und ich habe gehört, daß sie ziemlich viel Geld ausgibt in letzter Zeit, aber ich weiß auch, daß sie von zu Hause nicht viel bekommt. Mamsell hat es mir selber gesagt."

Bettinas Mutter

Bevor Fräulein Theobald zu einer Entscheidung kommen konnte, brach sich Bettina im Turnsaal das Bein. Der Doktor kam, legte einen Gipsverband an und verordnete Ruhe. Bettina wurde ins Bett gebracht, und Fräulein Theobald sah nach, wie sie sich fühlte.

„Sagen Sie nur meiner Mutter nichts“, bat Bettina, als sie die Direktorin erblickte. „Ich möchte ihr keine Sorgen machen. Bitte, sagen Sie nichts!“

„Aber Kind, ich habe deine Mutter schon angerufen“, sagte Fräulein Theobald überrascht. „Warum sollte ich es ihr nicht sagen?“

„Ich möchte sie nicht unnötig aufregen“, gestand Bettina zaghaft. „Bitte rufen Sie sie noch einmal an, Fräulein Theobald, und sagen Sie ihr, daß sie sich nicht die Mühe machen soll, mich zu besuchen. Sagen Sie ihr, ich würde ihr noch heute schreiben.“

„Du kannst heute nicht schreiben“, sagte Fräulein Theobald sanft. „Du mußt dich ganz ruhig verhalten. Ich rufe deine Mutter heute abend noch einmal an und sage ihr, daß sie nicht zu kommen braucht, wenn sie wenig Zeit hat.“

„Sagen Sie ihr, sie soll nicht kommen“, sagte Bettina. „Sie ... sie fühlt sich nicht so wohl in letzter Zeit. Ich möchte nicht, daß sie sich Sorgen macht.“

Allen tat Bettina leid. Die Kameradinnen schickten ihr Obst, Blumen und Bücher.

„Diesmal kommt das Pech knüppeldick“, sagte Bobby. „Wenn ich an unser Gespräch mit Fräulein Theobald denke!“

Es war ein sehr ernstes Gespräch gewesen. Die Mädchen

waren gemeinsam zu Fräulein Theobald gerufen worden. Die Direktorin streifte kurz die Ereignisse der vegangenen Nacht, sie erwähnte, daß Claudine gebeichtet, sich entschuldigt und ihre Strafe bekommen hatte. Aber dann sprach sie von den Diebstählen, die sich ereignet hatten – und das war natürlich eine viel ernstere Angelegenheit.

Nachdem Fräulein Theobald sie entlassen hatte, unterhielten sich die Mädchen noch lange aufgeregt. Eine Diebin in ihrer Klasse? Wer konnte das sein?

„Die Hausmutter ist überzeugt, daß es jemand von uns ist“, sagte Bobby. „Denn unser Gemeinschaftsraum liegt gleich neben ihrem Zimmer. Für jede von uns wäre es sehr leicht, ab und zu hinauszuschlüpfen und sich bei der Hausmutter einzuschleichen.“

„Aber außer Geld sind noch so seltsame Dinge gestohlen worden“, sagte Jenni nachdenklich. „Briefmarken – und Briefpapier und Umschläge. Warum das? Und Kekse und Süßigkeiten hat man auch genommen. Es sieht fast so aus, als ob jemand aus reiner Bosheit diese Dinge weggeschleppt hat.“

„Keine von uns liebt die Hausmutter“, sagte Bobby grinsend. „Wenn es danach ginge, könnte jede von uns die Schuldige sein!“

„Mich freut es, daß ihr all diese Dinge passieren“, sagte Claudine. „Sie verdient sie, denn sie macht andere unglücklich. Die arme Irene hat den ganzen Tag rotgeweinte Augen.“

„Eigentlich tut sie mir leid“, sagte Doris. „Es ist schon schlimm genug, diese Frau als Hausmutter zu haben – aber sie auch noch als Mutter zu haben, muß einfach schrecklich sein.“

Hanni, Nanni, Jenni, Bobby und Hilda sprachen später noch einmal allein über die ganze Angelegenheit.

„Wer könnte es nur sein?“ grübelte Bobby.

„Hat jemand plötzlich mehr Geld als sonst?“ fragte Hanni. Nachdenklich schauten sich die Mädchen an.

„Ja – Claudine! Sie ist sehr verschwenderisch gewesen in der letzten Zeit!“

„Und sie kann leicht an die Sachen der Hausmutter heran, denn sie trägt immer ihre Näharbeiten zu ihr ins Zimmer!“

„Claudine ist es sicher nicht – sie würde so etwas nie machen!“

„Aber auf der anderen Seite tut sie, was ihr gerade in den Sinn kommt – und wenn sie jemand etwas heimzahlen will, dann hat sie nicht die geringsten Hemmungen!“

Die fünf Mädchen schauten sich an. Ihnen war plötzlich sehr unbehaglich zumute. Sie wußten, daß Claudine über wenig Taschengeld verfügte – und doch hatte sie Marianne diese hübsche Handtasche geschenkt – und sie hatte die vielen Kirschen für das Picknick gekauft. Das war wirklich verdächtig!

Es klingelte zum Nachmittagskaffee, und die Mädchen rannten in den Speisesaal. Anschließend gingen Angela und Elli in die Stadt, um Einkäufe zu machen. Auf dem Rückweg überholte sie eine ältliche, einfach gekleidete Frau. Sie trug eine Brille, ihr Gesicht war schmal und versorgt, aber freundlich.

„Das ist sicher die neue Köchin“, sagte Angela zu Elli. Als die Mädchen vorbeigingen, sprach die Frau sie an.

„Könnt ihr mir sagen, ob das der Weg nach Lindenhof ist? Ihr gehört dorthin, nicht wahr?“

„Ja“, sagte Elli. „Gehen Sie immer geradeaus.“

Die Mädchen wollten schon weiterlaufen, als die Frau eine Frage stellte, die sie sehr überraschte.

„Wie geht es meiner Bettina? Die Direktorin hat mir am Telefon erzählt, daß sie das Bein gebrochen hat. Natürlich habe ich sofort den nächsten Zug genommen! Ich bin Frau Müller!“

Angela und Elli standen wie versteinert da und starrten mit offenem Mund auf die kleine ältliche Frau. Sie dachten an Bettinas hochtrabende Erzählungen über Frau Müller-Stobe, ihre wunderschöne, reiche Mutter. Sie konnten nicht begreifen, daß diese einfache, müde Frau Bettinas unvergleichliche Mutter sein sollte. Angelas Gesicht verzog sich verächtlich. Bettina, die immer mit ihrer Familie angab, hatte eine Mutter, die wie eine verbrauchte Köchin aussah. Und *sie* wollte Angela übertrumpfen! Mit einer raschen Geste legte Angela ihre Hand auf Ellis Arm, um sie wegzuziehen. Aber irgend etwas in Frau Müllers müdem Gesicht hatte Elli gerührt. Deshalb schüttelte sie den Arm der Freundin ab und wandte sich Frau Müller zu.

„Bettina geht es gut“, sagte sie freundlich. „Wir konnten sie heute noch nicht besuchen, aber wir haben ihr ein paar Dinge ins Krankenzimmer geschickt, Blumen, Süßigkeiten, Bücher. Sind Sie jetzt beruhigt? Bettina war so enttäuscht, daß Sie am Besuchstag nicht kommen konnten.“

Frau Müller sah äußerst überrascht aus. „Ich wollte ja kommen“, sagte sie. „Aber Bettina schrieb, daß in der Schule eine ansteckende Grippe umgehe und daß ich deshalb nicht kommen möchte.“

Elli war entsetzt. Jetzt begriff sie: Bettina hatte Angst gehabt, ihre Mutter könnte mit den anderen Müttern nicht mithalten. Deshalb hatte sie eine Menge Lügen erzählt. Um ihre Mutter fernzuhalten, hatte sie die Geschichte mit der Grippe erfunden – und vor der Klasse hatte sie sich tief enttäuscht gezeigt.

Angela verzog verächtlich die Lippen und sagte: „Nun, es gab gar keine ...“ Aber Elli ließ sie nicht ausreden. Sie gab ihrer Freundin einen festen Stoß und sah sie so böse an, daß Angela kein Wort mehr sprach.

„Hoffentlich gefällt es Bettina in Lindenhof“, sagte Frau Müller. „Sie wollte schon immer dorthin, seit sie von der Schule gewußt hat. Eigentlich konnten wir es uns gar nicht leisten, aber irgendwie habe ich das Geld zusammengekratzt. Ihr Vater ist Invalide, wißt ihr – schon seit Jahren – aber das hat sie euch ja sicher alles erzählt. Wir haben kein großes Einkommen, aber ich wollte, daß Bettina in eine gute Schule kommt. Ich habe zu ihr gesagt: ‚Wenn du unbedingt nach Lindenhof gehen willst, dann geh! Natürlich hast du nicht so viel Taschengeld wie die anderen, und du kannst dir auch nicht so viel leisten, aber du sollst deinen Willen haben'." Frau Müller sprach zu Elli, nicht zu Angela. Sie mochte Ellis hübsches, liebes Gesicht. Angela hörte mit verächtlichem Lächeln zu und schritt hastig vorwärts.

„Es ist ein weiter Weg, nicht wahr?" sagte Frau Müller schnaufend. „Ein Taxi wollte ich nicht nehmen, denn Taxis sind teuer. Die arme Bettina ... ich denke, sie wird sich freuen, wenn sie mich sieht."

Elli war nicht überzeugt. Bettina ist ein scheußlicher Kerl! dachte sie. Sie beutet diese arme kleine Mutter aus, die sicher ihretwegen auf alles verzichtet – und dann hält sie sie von der Schule fern, weil sie sich ihretwegen schämt.

Elli brachte Frau Müller bis zur Pforte. Dann verabschiedete sie sich und ging zu den anderen in den Gemeinschaftsraum. Hoffentlich hält Angela den Mund und redet nicht gleich über Bettinas Mutter, dachte Elli. Die Arme tut mir richtig leid. Sie sah so müde aus.

Als sie die Tür öffnete, hörte sie schon Angelas Stimme. „Ich weiß jetzt auch, wer bei der Hausmutter gewesen ist und all das Geld und die Sachen genommen hat. Es gibt keinen Zweifel mehr. Bettina war es!"

„Bettina! Was soll das heißen? Warum sagst du das?" erhob sich sofort Jennis Stimme.

„Ich sage dir, warum", sagte Angela und legte eine kleine Pause ein. „Elli und ich haben Bettinas Mutter getroffen – und was wir da erfahren haben, beweist deutlich, daß unsere liebe Bettina eine schreckliche Lügnerin und wohl auch eine abscheuliche Diebin ist."

„Das mußt du uns genauer erklären", sagte Bobby. Die Klasse drängte sich um Angela. Nur Claudine fehlte, und natürlich Bettina.

„Hört also", erzählte Angela. „Elli und ich sind von der Stadt gekommen. Unterwegs haben wir eine kleine, häßliche, alte Frau gesehen. Sie lief vor uns her, und ich dachte: das ist sicher die neue Köchin. Aber wißt ihr, wer es war? – Frau Müller, Bettinas Mutter, nicht Frau Müller-Stobe, bitte, ganz einfach: Frau Müller."

„Sie ist eine sehr nette Frau", sagte Elli, der Angelas boshafter Ton nicht gefiel.

„Sehr nette Frau!" höhnte Angela. „Ordinär und primitiv, meinst du wohl. Und wenn ich mir vorstelle, wie uns Bettina angelogen hat, wie sie sich mit ihrem Reichtum, ihren Autos, ihrer Mutter gebrüstet hat! Dabei sind sie arm wie Kirchenmäuse. Sobald ich Bettina sehe, werde ich ihr sagen, was ich von ihr und ihrer Mutter halte."

Bevor eine andere zu Wort kam, stand Elli auf. Sie sah recht bleich aus, aber auf ihrem Gesicht lag ein entschlossener Ausdruck.

„Du sprichst nicht mit Bettina", sagte sie mit Nachdruck. „Sie hat sich zwar sehr häßlich benommen, aber ich möchte nicht, daß du alles noch schlimmer machst. Bettina soll sich ihrer Mutter nicht schämen – das hat Frau Müller nicht verdient!"

Angela war starr vor Staunen. So wagte Elli mit ihr umzuspringen! Was war nur in sie gefahren?

„Wenn dir Leute wie Bettinas schreckliche Mutter gefallen, dann bin ich froh, daß du in den Ferien nicht zu uns kommst“, sagte sie gehässig. „Und dich habe ich einmal für meine beste Freundin gehalten!“

Angela machte die Tür auf und wollte den Raum verlassen. Aber zu ihrer größten Überraschung wurde sie von zwei Mädchen gepackt und zu ihrem Stuhl zurückgezerrt.

„Du willst also Elli nicht gehorchen“, schrie Carlotta, und ihre schwarzen Augen funkelten. „Na gut, aber du wirst nicht zu Bettina gehen!“

„Laßt mich los, ihr Biester“, sagte Angela und versuchte, sich loszureißen.

„Du redest immer sehr viel über Mütter“, sagte Carlotta mit so wilder Stimme, daß Angela zurückschreckte. „Jetzt werden *wir* aber mal über Mütter reden – über deine Mutter! Wir würden sie nicht erwähnen, wenn es nicht notwendig wäre – aber du mußt einmal ein bißchen Verstand in deinen Dickschädel bekommen!“

„Ich schreie, wenn ihr mich nicht sofort loslaßt“, zischte Angela zornig.

„Bei jedem Schrei haue ich dir eine herunter“, sagte Carlotta und packte sie so grob an der Schulter, daß Angela vor Schmerz aufheulte.

„Carlotta“, sagte Bobby. „Das wirst du nicht tun!“

„Doch, das werde ich“, erwiderte Carlotta entschlossen. Und Angela gab keinen Ton mehr von sich.

„Bettinas Mutter mag alt und einfach und arm sein“, sagte Carlotta, „doch das ist kein Grund, sie zu verachten. Aber es gibt einen sehr triftigen Grund, deine Mutter zu verachten, Angela. Sie ist eine verwöhnte, hochmütige, unzufriedene, abscheuliche Angeberin – genau wie du. Und bitte richte ihr aus, daß sie unter keinen Umständen noch einmal nach Lindenhof kommt. Und wir würden uns freuen, wenn sie dich so schnell wie möglich von hier wegholt.“

„Das reicht, Carlotta“, sagte Ruth, der unbehaglich zumute war. Und es reichte wirklich! Angela schluchzte laut auf und floh aus dem Zimmer.

„Ein Glück, daß sie gegangen ist", sagte Hanni. „Mach kein so trauriges Gesicht, Elli. Ich war stolz auf dich, als du so energisch sprachst. Vielleicht siehst du jetzt Angela in dem Licht, in dem *wir* sie sehen."

„Ja, das tue ich", sagte Elli bekümmert. „Ich finde, sie ist furchtbar. Mir hat diese arme Frau Müller so leid getan – aber Angela benahm sich gemein zu ihr."

„Glaubt ihr übrigens, daß Bettina die Diebin ist?" fragte plötzlich Doris. „Sie hat ja immer viel Geld ausgegeben. Und wenn sie wirklich so arm ist, woher kommt dann der ganze Reichtum?"

„Wir haben schon halb gedacht, es wäre Claudine", meinte Nanni. „Ihr wißt ja, sie hat auch nicht viel Taschengeld – und dann hat sie ganz plötzlich eine ganze Menge ausgegeben. Und Claudine hat nicht solche Hemmungen wie wir. Ich mag sie sehr – aber sie besitzt einfach kein Pflichtgefühl. Wir haben uns überlegt, ob sie es nicht sein könnte!"

„Pst, Pst", machte jemand. Aber es war zu spät, denn Claudine hatte unbemerkt den Raum betreten und gehört, was Nanni sagte.

Die kleine Französin drängte sich sofort zwischen den Mädchen hindurch. Nanni sah sie kommen und war entsetzt.

„Claudine", bat sie, „es tut mir leid, daß du alles gehört hast. Sei nicht böse! Du bist so ganz anders als wir. Und deshalb haben wir gedacht, daß du dich auf die Weise an der Hausmutter rächen könntest."

Claudine schaute die Mädchen nach der Reihe an. Sie sah Nannis ernstes Gesicht, Hannis erschrockenes, Bobbys nachdenkliches – und plötzlich verschwand ihr Zorn. Claudine warf den Kopf in den Nacken und lachte los.

„Ich bin euch nicht böse", sagte Claudine schließlich und blickte die erstaunten Mädchen vergnügt an. „Wißt ihr, warum ich lache? Ich dachte plötzlich daran, woher ich das viele Geld habe. Ich sage es euch, aber ihr müßt mir zuerst versprechen, daß ihr meiner Tante nichts verratet. Sie darf nicht erfahren, was ich getan habe!"

„Claudine – was hast du denn getan?" fragte Hanni, die sich sofort die schrecklichsten Dinge vorstellte.

„Erinnert ihr euch noch an meinen – ach so wunderschönen Kissenbezug?" fragte Claudine. „Nun, ich habe ihn verkauft – an eine von euren Müttern. Und ich habe eine ganze Menge Geld dafür bekommen. Und ihr wißt ja, ich habe Geld gebraucht – Geburtstage kamen und Feste und auch sonst noch allerlei."

„War das etwa meine Mutter?" fragte Elli argwöhnisch. „Jetzt erinnere ich mich – du hast ganz eifrig auf sie eingeredet. Mutter würde so etwas Nettes tun und kein Wort darüber verlieren."

„Nun", sagte Claudine und grinste über das ganze Gesicht. „Es könnte deine liebe Mutter gewesen sein – aber mein Ehrgefühl verbietet mir, darüber zu reden. Doch jetzt müßt ihr mir versprechen, mich nicht bei meiner Tante zu verraten. Ich sagte ihr, ich hätte den Bezug meiner Mutter geschickt."

„Du bist eine schreckliche Schwindlerin, Claudine", sagte Carla. „Du täuscht die Leute, wenn du nur kannst. Ich verstehe dich nicht! Warum konntest du Mamsell nicht sagen, daß du das Kissen verkauft hast? Warum machst du alles so geheimnisvoll?"

„Ich liebe Geheimnisse", sagte Claudine, und ihre Augen glitzerten. „Und Tante Mathilde hätte sicher an die nette Mutter geschrieben, sich das Kissen schicken lassen und das Geld zurückgezahlt. Und dann wäre ich sehr traurig gewesen, denn es macht Spaß, Geld zu verdienen. Findet ihr nicht auch?"

„Es war sehr anständig von dir, daß du mir meine Worte nicht übelgenommen hast", sagte Nanni herzlich. „Ich bin froh, daß du uns verraten hast, woher dein Geld stammt. Ich fürchte, daß nun doch Bettina die Schuldige ist. Sie hat wirklich viel Geld ausgegeben in letzter Zeit. Gräßlich! Wenn doch nicht solche häßlichen Dinge passierten! Was sollen wir nun tun?"

„Hilda und ich gehen zu Fräulein Theobald und berichten ihr alles", sagte die vernünftige Ruth. „Wir können uns Bettina nicht selber vornehmen. Dazu geht es ihr zu schlecht. Fräulein Theobald wird sicher am besten wissen, was zu tun ist. Komm, Hilda, wir sollten es schnell hinter uns bringen."

Elli ist eine gute Freundin

Hilda und Ruth gingen zusammen zu Fräulein Theobald. Zum Glück war sie allein. Sie schaute den beiden Mädchen mit freundlichem Lächeln entgegen.

„Nun?" sagte sie. „Was kann ich für euch tun? Hoffentlich ist nicht schon wieder etwas Unangenehmes in unserer Schule passiert?"

„Nein, Fräulein Theobald", sagte Ruth. „Aber wir machen uns Sorgen wegen dieser Diebstähle – und wir haben eine Idee, wer es sein könnte."

„Warum kommt das Mädchen dann nicht selber?" fragte Fräulein Theobald mit ernstem Gesicht.

„Nun – sie kann nicht kommen", erwiderte Ruth. „Sehen Sie, wir glauben, es ist Bettina. Und sie hat sich doch das Bein gebrochen und liegt im Bett."

„Bettina?" rief Fräulein Theobald erstaunt. „Ich kann mir nicht vorstellen, daß es Bettina ist!"

„Zuerst haben wir ja auf Claudine getippt", sagte Hilda. „Aber sie ist es nicht!"

„Darüber bin ich sehr froh", sagte die Direktorin. Und doch glaube ich nicht, daß es Bettina ist. Sie mag zwar manchmal recht seltsam handeln – aber ich halte sie nicht für unehrlich."

„Fräulein Theobald, wir müssen Ihnen noch etwas über Bettina erzählen. Und daran werden Sie erkennen, daß sich Bettina wirklich seltsam verhält – und ganz und gar nicht ehrlich ist", sagte Ruth ernst. „Wir wollen bestimmt nicht petzen – wir glauben nur, daß Sie besser mit der ganzen Sache fertig werden!"

„Das wird schon so sein", sagte die Direktorin ebenso ernst. „Was wißt ihr über Bettina? Ihre Mutter ist gerade bei ihr. Vielleicht kann ich mich später mit ihr unterhalten."

Hilda und Ruth erzählten von Bettinas lächerlichen Lügen.

„Sehen Sie", sagte Hilda und faßte noch einmal alles zusammen, „Bettina ist eine schreckliche Lügnerin, und außerdem gibt sie viel mehr Geld aus, als sie besitzen kann. Und deshalb glauben wir, daß Bettina die Diebin ist."

„Ich verstehe", sagte Fräulein Theobald. „Aber ich glaube, Bettina lügt nur, weil sie gern mehr scheinen möchte, als sie ist – das ist der einzige Grund. Wenn sie einen Diebstahl beginge, würde sie sich sehr verächtlich vorkommen – und die anderen würden sie auch verachten."

„Ja, das finden wir auch", meinte Ruth. „Fräulein Theobald, wir haben Ihnen alles gesagt, was wir wissen. Wir wären froh, wenn diese Sache bald aufgeklärt werden könnte."

„Ich werde mich darum kümmern", sagte die Direktorin und entließ die beiden Mädchen. „Ich werde mit Bettina reden, sobald sie sich besser fühlt."

Als die Mädchen zur Tür gingen, trat eine Schülerin herein. „Entschuldigen Sie, Fräulein Theobald, Frau Müller möchte Sie gern sprechen, bevor sie geht."

„Sie soll hereinkommen", sagte Fräulein Theobald. Hilda und Ruth betrachteten Frau Müller neugierig, als sie an ihr vorbeigingen. Diese armselige, sorgenvolle, einfach angezogene Frau war also Bettinas wundervolle, schöne, reiche, elegante Mutter. Was für ein Dummkopf Bettina doch war!

Frau Müller schüttete der Direktorin sofort ihr Herz aus. „Ach, Fräulein Theobald, ich mache mir solche Sorgen wegen Bettina. Sie schien sich gar nicht zu freuen, daß ich kam. Sie hat schrecklich geweint, als ich ihr sagte, ich hätte ein paar Mitschülerinnen getroffen. Ich dachte, sie wäre froh, mich zu sehen. Sie ist doch mein einziges Kind."

Fräulein Theobald schaute die bekümmerte Frau an. Einen Augenblick überlegte sie, ob sie Bettinas dumme Protzerei erwähnen sollte. Dann entschied sie sich, nichts zu sagen. Sie mußte erst einmal mit Bettina sprechen.

So hörte die Direktorin geduldig zu und versuchte, Frau Müller zu trösten. „Machen Sie sich keine Gedanken", sagte sie. „Bettina hat einen kleinen Schock gehabt. Dieser Sturz hat sie ein wenig mitgenommen. Lassen Sie sie erst mal zur Ruhe kommen."

Halb getröstet ging Frau Müller schließlich fort. Die Direktorin seufzte. Es türmten sich so viele Probleme vor ihr auf!

So bald wie möglich muß ich mit Bettina reden, dachte sie. Hoffentlich macht die Hausmutter nicht mehr soviel Lärm um die Diebstähle – sie ist eine wirklich unangenehme Person.

Aber die Hausmutter machte noch eine ganze Menge Lärm. Am nächsten Morgen stürmte sie in Fräulein Theobalds Zimmer.

„Zehn Mark sind diesmal verschwunden! Ein Zehnmarkschein! Aus meinem Geldbeutel! Und ich hatte ihn zur Sicherheit in meinen Nähkorb gelegt. Trotzdem ist das Geld verschwunden. Fräulein Theobald, dieses Mädchen muß gefunden werden!"

Fräulein Theobald hörte erstaunt zu. Wie konnte Bettina die Diebin sein, wenn sie mit gebrochenem Bein zu Bett lag? Aber als die Hausmutter weiterjammerte, stellte sich heraus, daß der Nähkorb auch in der Krankenstation war. Die Hausmutter hatte ihn zu Bettina mitgenommen, als sie dort einen Besuch machte.

Bettina konnte also gut den Geldschein weggenommen haben. Doch genausogut konnten andere Mädchen an den Korb gegangen sein. Es war eine äußerst häßliche Sache ...

Seit dem Streit wurde Angela sehr kühl von der Klasse behandelt. In letzter Zeit sah sie oft bedrückt und unglücklich aus, aber niemand hatte Mitleid mit ihr, noch nicht einmal Elli. Nach dem Mittagessen sah Elli, wie Angela den Mantel anzog.

„Wo gehst du hin?" fragte sie. „Du weißt doch, daß wir nur zu zweit in die Stadt gehen dürfen – soll ich dich begleiten?"

„Nein", sagte Angela beleidigt. „Weißt du, was ich mache? Ich gehe zur nächsten Telefonzelle und rufe meine Mutter an. Ich werde ihr all die häßlichen Dinge erzählen, die ihr mir vorgeworfen habt, und dann bitte ich sie, mich von hier wegzuholen!"

„Tu das nicht!" sagte Elli beunruhigt. „Wir haben doch diese Dinge nur gesagt, weil du so häßlich zu Frau Müller warst."

Aber Angela ließ sich nicht umstimmen. Ihr Entschluß war gefaßt. Kurze Zeit später kam sie schon wieder zurück. Tränen liefen ihr die Wangen herunter, sie machte einen ganz elenden Eindruck.

„Was ist los?" fragte Elli. Angela weinte laut auf.

„Ach Elli! Mutti ist nicht da – und da habe ich mit Vater gesprochen. Aber statt mir zuzuhören und mich zu trösten, ist er sehr böse geworden. Er will noch heute nachmittag kommen und mit Fräulein Theobald reden."

„Wie schrecklich", sagte Elli entsetzt. „Er muß wirklich böse gewesen sein. Fräulein Theobald wird es nicht gern hören, daß du zu Hause angerufen und dich beschwert hast."

„Ich weiß, ich weiß“, schluchzte Angela. „Aber was soll ich jetzt tun? Ach Elli, ich hab mich wirklich häßlich benommen. Ich schäme mich so wegen Bettinas Mutter. Sei doch wieder meine Freundin.“

„Angela“, sagte Elli und sah plötzlich sehr ernst aus. „Ich bin dir eine sehr schlechte Freundin gewesen. Ich habe dir immer nur geschmeichelt. Ich hätte dich necken sollen wie all die anderen. Das wäre viel besser für dich gewesen.“

„Das macht doch nichts“, sagte Angela, die jemanden haben wollte, der Mitgefühl mit ihr hatte. „Bitte, sei doch wieder meine Freundin. Ich will auch versuchen, netter zu sein. Aber was soll ich Vater sagen, wenn er kommt? Er kann so schrecklich zornig werden.“

„Hör zu“, sagte Elli. „Wir rufen noch einmal an. Du sagst, du hast gründlich über alles nachgedacht und bist überzeugt, daß er recht hat. Sag ihm, er soll dir die Möglichkeit geben, dich in einem besseren Licht zu zeigen. Und dann laß mich ein paar Worte mit ihm reden.“

„Elli, du bist ein feiner Kerl!“ sagte Angela und trocknete ihre Tränen. „Vati mag dich sehr. Ich bin dir so dankbar, daß du mir hilfst.“

Sofort machten sich die beiden Mädchen auf den Weg. Angela rief ihren Vater an. „Ich bin ein Dummkopf gewesen“, sagte sie. „Ich sehe es jetzt ein. Ich will versuchen, mich zu bessern. Meine Freundin Elli möchte noch mit dir sprechen.“

Sie reichte Elli den Telefonhörer hinüber, und nun hielt Elli die kleine Rede, die sie vorbereitet hatte. Sie war ziemlich nervös, als sie anfing.

„Guten Tag. Elli ist am Apparat, Angelas Freundin. Angela ist wieder in Ordnung. Vorhin war sie ein bißchen aufgeregt und ziemlich albern. Aber ich bin sicher, daß sie sich jetzt an alles gut gewöhnt und sich auch gut einlebt. Ich glaube nicht, daß Sie extra nach Lindenhof kommen müssen.“

„Also", sagte Angelas Vater und seine Stimme klang noch ärgerlich. „Ich habe heute sehr viel zu tun, deshalb werde ich wohl nicht kommen. Aber wenn ich noch irgendwelchen Unsinn erfahre, dann kann Angela etwas erleben. Ich habe sie nach Lindenhof gebracht, weil ich euer Internat für eine der besten Schulen halte. Und dort bleibt sie, bis sie genauso denkt. Wenn du wirklich ihre Freundin bist, dann überzeuge sie davon. Du bist doch schon länger dort, nicht wahr?"

„Ja", erwiderte Elli. „Und ich halte Lindenhof auch für eine der besten Schulen. Ich werde Angela davon überzeugen, wirklich, und die anderen werden es auch tun."

„Aber verhätschle sie nicht zu sehr", sagte die Stimme, die nicht mehr ganz so grimmig klang. „Bring ein bißchen Leben in sie. Sie kann zwar wie eine Märchenprinzessin oder ein Engel aussehen, aber innerlich ist sie ganz anders. Gib mir Angela noch einmal an den Apparat."

Angela nahm den Hörer. Was sie hörte, schien sie sehr zu trösten. „Danke, Vati", sagte sie. „Ich werde es versuchen. Wirklich! Auf Wiedersehen."

Als sie den Hörer auflegte, sah sie viel glücklicher aus. Und zum Erstaunen der ganzen Klasse änderte sich nun die Beziehung zwischen den Freundinnen. Angela war von nun an diejenige, die gehorchte, und Elli war die Führerin.

Die Hausmutter muß sich wundern

„Ich frage mich, ob die Direktorin schon mit Bettina geredet hat – ich meine wegen des Geldes und der anderen Dinge, die der Hausmutter gestohlen wurden", sagte Hilda zu Ruth, als sie gemeinsam Kaffee tranken.

Irene sah überrascht auf. Sie war nicht dabeigewesen, als die Sache besprochen wurde.

„Bettina soll Mutters Geld genommen haben?“ fragte sie erstaunt. „Was soll das heißen? Ich weiß ja gar nichts davon.“

„Nicht?“ sagte Jenni erstaunt. „Richtig, du warst ja gestern bei deiner Mutter, als wir darüber sprachen! Wir haben ganz vergessen, es dir zu sagen. Weißt du, wir halten Bettina für diejenige, die all die Sachen weggenommen hat. Sie besitzt kaum Taschengeld und kauft kostbare Geschenke. Und sie ist solch eine Lügnerin – da kann sie genausogut auch eine Diebin sein.“

„Und Fräulein Theobald will deshalb mit ihr reden“, sagte Ruth.

Irene starrte die Mädchen wortlos an. Bobby fand, daß sie ein wenig seltsam aussah.

„Fühlst du dich nicht wohl?“ fragte sie.

„Doch, doch“, erwiderte Irene, stand auf und ging hinaus. Die erstaunten Mädchen sahen noch, wie sie hastig die Treppe hinuntersprang.

„Was ist nur in Irene gefahren?“ fragte Hilda verwundert. „Hat sie vergessen, daß wir noch Hausaufgaben machen müssen?“

Anscheinend hatte sie es vergessen. Sie erschien nicht im Klassenzimmer, und Fräulein Ellis schickte ein Mädchen zur Hausmutter. Aber dort war sie auch nicht.

Mit bösem Gesicht kam die Hausmutter ins Klassenzimmer. „Ich kann mir gar nicht vorstellen, wo Irene hingegangen ist“, sagte sie. „Bestrafen Sie sie nur, Fräulein Ellis, Irene ist in letzter Zeit allzu widerspenstig.“

Auch am Abendessen nahm Irene nicht teil. Erst als sich die Mädchen auszogen, um zu Bett zu gehen, erblickten sie Irene. Doris sah aus dem Schlafzimmer und bemerkte, wie sie aufs Haus zuging. Mit ihr kam noch eine zweite Person.

„Das ist Eddy“, sagte Elli. „Meine Güte, was wird Irene

Ärger bekommen! Sicher ist sie weggerannt, um sich mit Eddy zu treffen. Und jetzt begleitet er sie hierher.

Irene sah erregt und traurig aus, Eddy genauso. Schnell verschwanden sie im Haus. Aber sie gingen nicht zu ihrer Mutter, sondern geradewegs zu Fräulein Theobald.

„Mach dir keine Sorgen!" flüsterte Eddy. „Ich bin hier! Ich helfe dir, Irene."

Sie klopften an die Tür und traten ein. Die Direktorin war sehr überrascht, als Irene mit einem jungen Mann hereinkam. Irene stellte Eddy vor.

„Das ist mein Bruder Edgar", sagte sie und begann plötzlich bitterlich zu weinen. Fräulein Theobald war bestürzt. Eddy legte beschützend seinen Arm um Irene.

„Weine nicht", sagte er. „Ich werde alles erklären." Dann wandte er sich an die Direktorin.

„Fräulein Theobald", sagte er, „heute hat Irene gehört, daß ein Mädchen aus ihrer Klasse beschuldigt wurde, meine Mutter bestohlen zu haben. Nun – es war Irene, die das Geld und die anderen Sachen nahm, nicht Bettina oder sonst jemand."

„Irene?" fragte Fräulein Theobald. „Aber warum? Was hat sie dazu veranlaßt?"

„Sie hat es für mich getan", sagte Eddy. „Ich hatte eine gute Stellung, als Mutter und Irene hierherkamen. Aber kurze Zeit später hatte ich einen Verkehrsunfall und wurde entlassen. Ich – ich wagte es nicht, meiner Mutter die Wahrheit zu sagen."

Fräulein Theobald betrachtete das schmale, weichliche Gesicht des jungen Mannes. Sie wunderte sich nicht, daß er sich vor seiner hartherzigen, spitzzüngigen Mutter fürchtete.

„Und deshalb", fuhr Eddy fort und schluckte schwer, „und deshalb dachte ich, es sei das beste, sehr bald eine andere Stellung anzunehmen. Dann brauchte Mutter nur zu erfahren, daß ich die Firma gewechselt habe. Aber sehen Sie, ich besaß kein Geld, und ich mußte doch mein Zimmer bezahlen und essen – und so bin ich eines Tages per Anhalter hergefahren und habe mich mit Irene getroffen. Ich bat sie, mir alles Geld zu geben, das sie hatte."

„Ich verstehe", sagte Fräulein Theobald mit ernstem Gesicht. „Und Irene hat ihre Mutter bestohlen, um Sie zu unterstützen."

„Ich wußte nicht, daß sie Mutter Geld wegnahm", sagte Eddy. „Ich dachte, es sei ihr eigenes – aus ihrer Sparbüchse oder vom Postsparbuch. Und sie brachte mir auch Kekse und Süßigkeiten – und Briefpapier und Briefmarken, damit ich Bewerbungen schreiben konnte. Sie ist – sie ist so ein feiner Kerl, Fräulein Theobald."

„Ach, Eddy, ich würde alles für dich tun", schluchzte Irene. „Aber Fräulein Theobald, als ich hörte, daß jemand wegen einer Sache beschuldigt wurde, die ich getan hatte, bin ich sofort zu Eddy gerannt und habe ihm alles erzählt. Und er ist mit mir hergekommen, um es Ihnen zu sagen. Ach, Fräulein Theobald, wir wagen nicht, zu Mutter zu gehen."

„Was für ein Durcheinander", sagte Fräulein Theobald und betrachtete die zwei unglücklichen jungen Gesichter. In ihrem Herzen gab sie nur der Hausmutter schuld. Wäre das eine liebevolle, gütige Mutter gewesen, die ihren Kindern half, statt zuviel von ihnen zu fordern, hätte dies alles nie geschehen können.

„Sehen Sie", sagte Irene und trocknete die Tränen ab, „da Eddy doch Mutters Kind ist, habe ich nichts Unrechtes dabei gefunden, das Geld zu nehmen."

„Trotzdem war es ein Unrecht", erwiderte die Direktorin. „Aber ich bin glücklich, Irene, daß du den Mut gehabt hast, mir alles zu gestehen. Als du die falschen Verdächtigungen hörtest, hast du sofort deine Schuld eingestanden. Das spricht für dich."

Danach entstand eine Pause. Schließlich sagte Eddy ziemlich nervös: „Fräulein Theobald, könnten Sie vielleicht mit Mutter sprechen? Bitte tun Sie es! Vielleicht ist sie dann nicht ganz so wütend!"

In Fräulein Theobald stieg ein gewaltiger Grimm gegen die törichte Mutter auf.

„Ja", sagte sie. „Ich werde mit ihr sprechen. Wartet ihr zwei im Nebenzimmer, bis ich fertig bin."

Dann ließ sie die Hausmutter zu sich rufen. „Setzen Sie sich", sagte sie, als die Hausmutter hereinkam. „Ich weiß jetzt, wer Ihr Geld genommen hat, und ich möchte es Ihnen mitteilen."

„Ich hoffe, daß Sie das betreffende Mädchen von der Schule weisen", sagte die Hausmutter in strengem Ton. „Schließlich habe ich selber eine Tochter in der fünften Klasse. Sie ist einem sehr schlechten Einfluß ausgesetzt, wenn sie Bett an Bett mit einer Diebin liegen muß."

„Nun, Hausmutter", sagte Fräulein Theobald. „Ich habe mich entschlossen, nicht selber darüber zu befinden, ob die arme kleine Diebin hinausgeworfen wird oder nicht. Sie werden die Entscheidung treffen, nur Sie allein!"

Die Augen der Hausmutter funkelten. „Ich danke Ihnen", sagte sie. „Meine Entscheidung ist schon getroffen. Das Mädchen geht – und sie geht schon morgen!"

„Nun gut", sagte Fräulein Theobald. „Aber hören Sie mich erst an. Das Mädchen stahl nicht für sich, sondern für jemand, den sie liebte und der in Not war."

„Diebstahl bleibt Diebstahl", sagte die Hausmutter unerschütterlich.

„Sie fürchtete sich, ihre Mutter um Unterstützung zu bitten, sie um Rat zu fragen", fuhr Fräulein Theobald fort.

„Dann hat die Mutter genauso viel Schuld wie das Mädchen", sagte die Hausmutter. „Mütter, deren Kinder so große Angst vor ihnen haben, daß sie stehlen müssen, haben als Mütter versagt."

„Da stimme ich Ihnen völlig bei", sagte Fräulein Theobald. „Trotzdem hat dieses Mädchen den Mut gehabt, mir die Wahrheit zu gestehen. Und sie hat mich gebeten, Sie zu unterrichten."

„Wo ist die Diebin?" sagte die Hausmutter ungeduldig. „Sie wird einiges von mir zu hören bekommen, das verspreche ich Ihnen. Morgen fliegt sie hinaus!"

Fräulein Theobald stand auf und öffnete die Tür zum Nebenzimmer. „Hier ist die Diebin", sagte sie, „zusammen mit ihrem Bruder."

Mit festem Schritt ging die Hausmutter in den angrenzenden Raum. Plötzlich blieb sie starr stehen. Sie sah ihre beiden Kinder, Irene und Eddy.

„Was bedeutet das?" fragte die Hausmutter mit versagender Stimme. „Warum ist Irene da – und Eddy?"

„Irene ist die Diebin – und Eddy ist derjenige, für den sie stahl – und Sie sind die hartherzige Mutter, vor der sie so viel Angst hatten", sagte die Direktorin ernst. „Ich finde, nicht Irene sollte Lindenhof verlassen – sondern Sie!"

Das Gesicht der Hausmutter verfiel plötzlich, und um ihren Mund zuckte es. Ungläubig starrte sie Irene und Eddy an. Irene hatte wieder angefangen zu weinen.

„Sie sind eine hartherzige Frau", fuhr Fräulein Theobald fort. „Dieser Junge und dieses Mädchen brauchen Unterstützung und Trost, und was geben Sie ihnen?"

„Ich habe schon eine neue Stellung gefunden, Mutter", sagte Eddy. „Ich werde dir das ganze Geld zurückzahlen, das Irene genommen hat. Du darfst sie nicht auszanken. Sie tat es doch nur mir zuliebe. Wir haben dich immer enttäuscht. Wir sind einfach nicht so klug und begabt, wie du es gern möchtest. Ich kümmere mich jetzt um Irene."

„Nein, Eddy, nein", sagte seine Mutter mit zitternder Stimme. „Sag nicht so etwas. Was habe ich nur getan? Was habe ich getan, daß ich so hart bestraft werde?"

Fräulein Theobald ging leise aus dem Zimmer.

Ende gut – alles gut

Jetzt blieb nur noch eins für die Direktorin zu tun. Sie mußte Bettina besuchen und ein ernstes Wort mit ihr reden. Deshalb ging sie am nächsten Morgen gleich hinüber in die Krankenstation. Bettina war sehr erstaunt, als die Direktorin ins Zimmer trat.

Es war an dem Tag die zweite Überraschung, die Bettina erlebte. Kurz vor Fräulein Theobalds Besuch war nämlich eine andere Hausmutter erschienen, eine dicke, lustige, redselige Person – die alte Hausmutter von Lindenhof!

„Hallo“, sagte sie. „Du hast also dein Bein gebrochen. Ziemlich unachtsam von dir. Mach nur keine Gewohnheit daraus.“

„Wo ist denn die andere Hausmutter?“ fragte Bettina.

„Sie mußte plötzlich gehen“, sagte die Hausmutter und strich Bettinas Laken glatt. „Und deshalb bin ich zurückgekommen. Ich bin ja soweit wieder gesund! Aber ich warne dich, ich bin ein altes Scheusal. Ich bin schon seit Jahrhunderten hier und kenne alle eure Tricks. Ich habe schon Generationen von Schülerinnen ausgezankt und bestraft!“

„Sie sind also die frühere Hausmutter, von der mir die Mädchen so viel erzählt haben!“ rief Bettina erfreut. „Das ist aber fein. Warum mußte eigentlich die andere so plötzlich gehen? Ist Irene auch fort?“

„Ja“, sagte die Hausmutter. „Sie sind beide nicht mehr da! Aber jetzt sollten wir mal die Kissen aufschütteln!“

Bettina hatte kaum die Überraschung verdaut, als Fräulein Theobald das Zimmer betrat. Wie gewöhnlich kam die Direktorin sofort zur Sache, und sehr bald merkte die entsetzte Bettina, daß Fräulein Theobald und alle Mädchen über ihre dummen Lügen Bescheid wußten.

Bettina wurde rot vor Scham. Sie fühlte sich ganz elend. Doch unbeirrt redete die Direktorin weiter.

„Du hast deine Mutter sehr unglücklich gemacht", endete Fräulein Theobald. „Sie ist hergeeilt, um dich zu besuchen. Sie kam zu Fuß vom Bahnhof, weil sie sich kein Taxi leisten konnte – und wie hast du sie empfangen!"

Bettina drehte ihr Gesicht zur Wand, und Tränen stiegen in ihre Augen.

„Und dann möchte ich noch etwas sagen", fuhr Fräulein Theobald fort. „Jemand hat Geld gestohlen – und man hat dich verdächtigt. Du siehst also, wohin es führt, wenn man lügt und protzt."

„Aber ich habe noch nie in meinem Leben gestohlen", schrie Bettina entsetzt. „Ich habe etwas Geld auf der Sparkasse, und ohne daß es Mutter wußte, habe ich mein Sparbuch mitgenommen. Wenn ich Geschenke kaufen wollte, hob ich einfach Geld ab. Bitte, glauben Sie mir!"

„Ich glaube dir", sagte Fräulein Theobald. „Aber du wirst mir sofort dein Sparbuch aushändigen, damit ich es deiner Mutter zurückgeben kann. Und wenn du in Lindenhof bleiben willst, dann tu, was die anderen Mädchen tun, die wenig Taschengeld haben – mach kein Geheimnis daraus. Man sollte nie die Leute nach dem beurteilen, was sie besitzen – wichtig ist allein, was sie darstellen."

„Ich fühle mich so elend", murmelte Bettina. „Ich – ich weiß gar nicht, wie ich den Mädchen gegenübertreten soll."

„Sag Ruth oder Hilda oder den Zwillingen, daß du dich albern benommen hast", sagte Fräulein Theobald und stand auf. „Es tut ihnen leid, daß du dein Bein gebrochen hast. Aber jetzt mußt du dir ihre Freundschaft verdienen – und sie nicht mit Geschenken erkaufen wollen."

Bettina befolgte Fräulein Theobalds Rat und bat Hilda um Unterstützung, als sie zu Besuch kam. Hilda versprach ihre Hilfe. Doch sie sagte auch freimütig, was sie von der ganzen Sache hielt. „Ich helfe dir nur unter einer Bedingung, Bettina!"

„Unter was für einer Bedingung?" fragte Bettina.

„Du mußt deiner Mutter schreiben und dich wegen deines häßlichen Benehmens entschuldigen – und du mußt ihr sagen, daß du dich auf ihren nächsten Besuch sehr freust", sagte Hilda. „Und wage nicht, in nächster Zeit irgendwie zu protzen, sonst kannst du dich auf etwas gefaßt machen."

Dann ging Hilda zurück zur Klasse und berichtete den Kameradinnen, daß Bettina zur Vernunft gekommen war, daß man ihr aber ein bißchen entgegenkommen müsse.

„Nun, Irene ist fort, Angela bessert sich, Bettina kommt zur Vernunft, die Hausmutter verschwindet für immer ... Machen wir nicht Fortschritte?" fragte Bobby grinsend.

„Jetzt muß nur Claudine noch ein bißchen Pflichtgefühl bekommen", meinte Hanni. „Dann sind wir bald eine Klasse von Heiligen."

In der folgenden Woche erhielt Elli einen Brief von Irene. Sie las ihn den anderen vor.

Liebe Elli,

ich weiß nicht, ob man es Euch mitgeteilt hat – aber ich war die Diebin. Du mußt verstehen, Eddy hatte seine Stellung verloren (er hat jetzt wieder eine sehr gute) und besaß keinerlei Geld mehr. Deshalb bat er mich um Hilfe, und ich half ihm. Aber ich hatte ja selber nicht viel Geld, und so habe ich es Mutter weggenommen. Wie Ihr Euch vorstellen könnt, war Mutter sehr entsetzt, als sie die Wahrheit erfuhr. Sie wollte keinen Tag länger in Lindenhof bleiben. Deshalb gingen wir auch so schnell fort. Fräulein Theobald benahm sich großartig. Ich kann Euch gar nicht sagen, wie nett sie zu Eddy und mir war. Sie hat mir sogar angeboten, weiter in Lindenhof zu bleiben, wenn Mutter ging. Aber ich konnte Euch nicht mehr gegenübertreten, und außerdem passe ich nicht zu Euch. Ich weiß, daß es so ist.

Jetzt lerne ich Kurzschrift und Maschinenschreiben, und dann nehme ich eine Stelle in Eddys Büro an. Ich freue mich schon sehr darauf. Mutter ist ganz anders geworden. Für sie war es ein schrecklicher Schock, daß ich so schlecht handelte – ich tat es doch für Eddy. Ich konnte einfach nicht anders. Mutter ist nun viel netter und gütiger. Wirklich, Ihr würdet sie kaum wiedererkennen. Wenn Eddy und ich genügend Geld verdienen, braucht sie nicht mehr zu arbeiten.

Nun wißt Ihr, warum ich so plötzlich verschwunden bin. Ich habe übrigens meinen silbernen Fingerhut im Handarbeitskasten gelassen. Bitte behalte ihn als Dank. Am Besuchstag hast Du mich so lieb ausgeführt, das kann ich Dir nie zurückzahlen.

Hoffentlich ist Bettinas Bein besser. Bitte, Elli, denk nicht häßlich von mir! Ich weiß, ich war eine Petze, aber Du kannst Dir nicht vorstellen, wie schwierig die Dinge manchmal für mich waren.

In Dankbarkeit Deine Irene Petersen

Die Mädchen waren alle gerührt, als Elli zu Ende gelesen hatte. Elli suchte sofort den Fingerhut.

„Eigentlich war ihre Mutter daran schuld, daß sie sich so häßlich benahm", sagte Bobby, „Wir können sehr glücklich sein, nette Mütter zu haben!"

Angela wurde rot bei Bobbys Worten, sagte aber keinen Ton. Sie war sehr viel sympathischer geworden, und sie hatte sich entschlossen, ein ernstes Wort mit ihrer Mutter zu reden. Mütter können Kinder zu guten und bösen Menschen erziehen – aber, dachte Angela, vielleicht können auch Kinder ihre Mütter wandeln. Sie wollte versuchen, ihrer Mutter eine andere Lebensauffassung beizubringen – und ihr beweisen, daß Lindenhof die beste Schule war, die es gab.

Davon war Angela jetzt überzeugt ... und nicht nur Angela.

Deckelbild und Illustration:
Ulrike Zehe
Druck: Presse-Druck
Bestell-Nummer: 3645

ISBN 3 505 03645 5

Die englischen Originalausgaben erschienen bei Methuen & Co., Ltd., London